Polarlichtdate am Ende der Welt

Alaska-Dates: Band 1

Mira Morton

Verlag:
BookRix
Implerstraße 24
81371 München
Deutschland

ISBN 978-3-9033-6025-9

Text: Mira Morton
Illustrationen: Lana Arts
Cover-Design: Mira Morton
Cover-Finish: Bookrix
Korrektorat: Dr. Andreas Fischer
Satz: André Piotrowski

Polarlichtdate am Ende der Welt

Mira Morton

1

*A*ls sie die klapprige Tür kraftvoll nach draußen drückte, strömte ihr eisig kalte Luft entgegen. Hannah sah sich um und wusste, dass sie einen verdammt großen Fehler gemacht hatte.

Was um alles in der Welt wollte sie hier? In Alaska? Außer einem schwimmenden Steg, an dem das Wasserflugzeug quasi angelegt hatte, war hier rein gar nichts. Nun ja, eine kleine, halb verfallene Hütte und verschneite Bäume schon. Aber keine Häuser, kein Ort, nicht einmal dunkelgrauer Rauch über den Baumkronen war zu sehen, der zumindest die Vermutung nahelegte, dass hier irgendwo Menschen lebten, die bereits entdeckt hatten, wie man Feuer machte.

»Wollen Sie ewig die Landschaft bewundern?«, fragte Steve, der Pilot, Hannah recht unwirsch.

»Äh, nein. Aber vielleicht können Sie mir sagen, wie ich auf den Steg komme?« Selbsterklärend war das nämlich nicht. Den Schwimmer der Maschine und den Steg trennte gut ein Meter. Es war anzunehmen, dass sie einen Sturz in den Fluss nicht überleben würde. Also hatte sie keine Ahnung, wie sie sicher – und ohne ins dunkle Wasser abzurutschen – auf den Schwimmer gelangen sollte.

»Wie wärs mit Springen?«

»Klar. Super Idee. Ich stehe auf ein tödliches Bad im Eiswasser. Kommt für mich noch vor einer heißen Badewanne mit Föhn.«

»Das liegt an dir. Mit Winterstiefeln wäre das kein Problem, aber mit denen natürlich schon.« Süffisant grinsend deutete Steve auf Hannahs hohe Stiefel. »Ich kann dir garantieren, mit denen kommst du hier nicht weit.«

»Das *sind* Winterstiefel, und sie sind sogar mit Fell gefüttert. Aber lassen wir das. Helfen Sie mir jetzt oder nicht?«

Leider musste Steve noch zurück nach Anchorage fliegen, um später einen anderen Kunden in die Nachbarstadt Almonds zu bringen. Daher konnte er sich das Spektakel, wie die für Alaska völlig unpassend gekleidete Blonde direkt im Meer laden würde, aus zeitlichen Gründen nicht gönnen. Obwohl der Gedanke, wie sie mit ihren hohen Hacken auf seinen Schwimmer springen, abrutschen und schreiend abtauchen würde, sehr verlockend war. Aber die Pflicht rief. »Okay.«

Er stieg vom Flugzeug aus direkt auf den Schwimmer und hielt ihr die Hand hin. »Jetzt aber schnell, bevor ich es mir anders überlege.«

Sein Goldzahn blitzte in der Nachmittagssonne, und Hannah hatte keine Alternative, als ihm zu vertrauen. Daher ergriff sie seine Hand.

»Geschafft.« Er hatte sie auf den Steg gehoben und abgestellt.

»Vielen Dank«, sagte Hannah erleichtert. Sie hatte nicht nur den Tiefflug, sondern auch das hier überlebt, was ein Wunder war.

Dann verschwand Steve – schneller als sie schauen konnte – mit einem kleinen Päckchen in der Hand in Richtung einer winzigen Hütte.

Aber zum Glück tauchte er ebenso schnell wieder auf.

»Äh, bekomme ich noch meinen Koffer?«

»Hast du den Prinzessinnen-Service gebucht?«

Hannah wusste nicht genau, was Steve damit meinte. »Klar.«

Und schon sprang er wieder auf den Schwimmer. »Dumm. Dann hätte ich dich erst gar nicht hierherfliegen sollen, denn so etwas gibts bei *Steve's Alaska Air* nämlich nicht.«

Steve's Alaska Air nannte er seine Airline, die aus genau diesem einen etwas heruntergekommenen Flieger bestand. Aber er liebte Lilly. Und Lilly hatte ihn noch nie im Stich gelassen. Ganz im Gegensatz zu Frauen.

Hannah war außer sich. Nicht nur, dass hier weit und breit niemand zu sehen war, aber nun wollte er ihr in dieser gottverlassenen Gegend auch noch ihren Koffer stehlen und vielleicht über den Bergen aus der Maschine werfen?

»Okay, okay. Vergiss das mit dem Prinzessinnen-Service wieder, aber ich brauch meinen Koffer. Bitte!« *Und meinen rosafarbenen Rucksack und auch noch die schwarze Sporttasche.* Aber Hannah wollte Steve nicht überfordern. Lieber eines nach dem anderen.

»Beruhige dich.« Steve verschwand für ein paar Sekunden im Inneren der Maschine, und schon warf er ihr als Erstes den Rucksack zu. Es folgte die Sporttasche.

Gemeinsam mit dem Koffer fiel Hannah dann hart nach hinten, während Steve kurz auf seine dunkelbraune Fliegerkappe tippte. »Bis in zwei Wochen, Prinzessin, und sieh zu, dass dich nicht die Bären erwischen.«

Hannah rappelte sich unter dem Koffer auf und warf ihm einen stinkwütenden Blick zu. »Danke auch, und keine Sorge, hier gibts keine Bären.«

Lachend stieg Steve ins Cockpit und schaute noch einmal zu Hannah. Göttlich, der Anblick. Innerlich wettete er auf einen Anruf von ihr in spätestens drei Tagen. Natürlich würde er sie auch früher wieder nach Anchorage zurückfliegen, aber zum doppelten Preis. Er freute sich schon jetzt darauf.

Als er seine Lilly startete und den Motor aufheulen ließ, sah Steve, wie sie sich abmühte, ihren Koffer über den alten Holzsteg zu ziehen, was im Grunde unmöglich war. Jede der dicken verwitterten Holzplanken war unterschiedlich hoch und zudem verbogen. *Der Anruf kommt spätestens morgen,* korrigierte er seine Überlegungen von vorhin. *Die überlebt hier keine vierundzwanzig Stunden.*

Irgendwie schaffte Hannah es, ihr gesamtes Gepäck auf die alte Bank vor der Hütte zu stellen, damit weder Koffer noch Tasche im Schnee liegen mussten. Dafür musste jedoch sie selbst stehen.

Bei der Buchung hatte ihr die Inhaberin des Bed & Breakfast zugesichert, sie hier vom Flugzeug abzuholen. Bloß war von der Frau weit und breit keine Spur. *Ich hasse mich! Wie hab ich nur auf diese saublöde Idee kommen können?*

In der nächsten Sekunde wusste Hannah, wem sie die Schuld geben musste: Patrick. Ihr bester Freund besaß ein Reisebüro, und zu ihm war sie nach dem Desaster mit der Bitte gelaufen: ›Such mir einen Urlaub. So weit weg wie irgendwie möglich und so billig wie irgendwie möglich.‹ Tja, und hier war sie in dieser Einöde, die auf Hannah ganz und gar nicht vertrauenswürdig wirkte.

Rund um die Hütte war ein kleiner Bereich, der als Parkplatz genutzt wurde, schließlich sah man frische Reifenspuren im Schnee. Und keine Spuren von Tatzen, wie Hannah sofort erleichtert feststellte. Das bedeutete auch, hier gab es Menschen. Und ziemlich viele Bäume. Außerdem führte nur eine einzige schmale Straße von hier weg direkt durch den Wald. Wohin, wusste sie nicht. Aber damit war klar, welchen Weg sie nehmen musste.

Okay, dann ruf ich mir eben ein Taxi, beschloss Hannah, nur um sofort festzustellen, dass ihr Akku leer war.

»Großartig! Ich hasse das!«, schrie sie den hohen Nadelbäumen zu und kickte gegen die Bank, was zur Folge hatte, dass sie unter dem kurzen, aber intensiven Schmerz in ihrem Fuß auf einem Bein im plattgedrückten Schnee herumhopste. Natürlich rutschte sie aus und fiel hin.

Nachdem ihr Repertoire an Schimpfwörtern erschöpft war und der brennende Schmerz nachgelassen hatte, stand sie wieder auf. *Okay. Dann gehe ich eben. Mir ist sowieso saukalt, das wird helfen*, redete Hannah sich ein.

Doch noch bevor sie ein System gefunden hatte, all ihr Gepäck auf einmal zu tragen oder zu schultern, bog ein Truck um die Ecke und blieb direkt vor ihr stehen.

Ein Mann stieg aus, sie konnte nicht einmal richtig erkennen, wie er aussah, denn er trug einen dicken schwarzen Anorak, eine Mütze und eine Sonnenbrille.

Eine Sonnenbrille! Sie stand hier im Schatten, und es war tiefster Winter. Aber gut. Sie stürzte sofort auf ihn zu.

»Gut, dass Sie endlich da sind! Aber ich dachte, ich werde von einer Dana abgeholt?«

Er musterte sie von oben bis unten und erwiderte erst einmal nichts. Dann grinste der Typ. »Nun, wenn Dana gesagt hat, sie kommt dich abholen, dann wird sie es wohl tun.«

Er war nicht hier, um sie ins *Golden Moose* zu bringen? Hannah checkte kurz ihre Möglichkeiten: Eins war auf Dana zu warten und zu erfrieren, zwei war sich auf den Weg in die Pension zu machen und dabei zu erfrieren, drei war von ihm entführt und vergewaltigt zu werden.

»Wie kommt man denn am schnellsten von hier ins *Golden Moose*?«

»Oh, das *Golden Moose*? Das kennt hier jeder.«

Idiot! Das war nicht meine Frage. »Super, wenn das jeder kennt. Aber ich will wissen, wie ich von hier aus dorthin komme.«

Er rieb kurz sein Kinn. »Also, wenn ich du wäre, dann würde ich mal definitiv nicht von hier starten.«

Ich hau ihm eine!

»Ach, und wenn ich es aus irgendwelchen Gründen muss? Wie komme ich in so einem Fall in die Pension?«

Lachend verschränkte er seine Arme vor der Brust. »Nun. Hier den Weg entlang, dann durch den Wald. Dann biegst du etwa zwei Meilen vor dem kleinen See rechts ab. Du kannst aber auch der Straße folgen und ungefähr sieben Meilen vor dem großen See rechts abbiegen. Auf jeden Fall, kurz bevor du am *Bison-Rock*-Schild vorbeikommst, das es schon lange nicht mehr gibt, siehst du gleich rechts hinter der Baumreihe das *Golden Moose*. Nicht zu verfehlen.«

Schon während seiner Beschreibung waren Hannahs Augen immer größer geworden. Und es hatte ihr die Sprache verschlagen. Aber jetzt war sie stinkwütend. »Sie verarschen mich doch! Finden Sie das lustig?«

Der Mann nahm die Sonnenbrille ab und steckte sie in den Anorak. Unschuldig sah er sie aus stechend braunen Augen an. »Wieso?«

»Vergessen Sie es. Könnten Sie mich vielleicht ins *Golden Moose* bringen? Ich bezahle die Fahrt selbstverständlich.« Vielleicht hatte Dana sie schlichtweg vergessen? Sich im Datum geirrt? Oder war auf dem langen Weg erfroren? Hannah jedenfalls bibberte vor Kälte, während er sie seelenruhig noch einmal ausführlich von oben bis unten musterte. *Mit diesen Stiefeln schafft sie es nicht einmal bis zum Wald.*

»Klar, kann ich machen.«

Innerlich jubelte Hannah auf, aber nach außen hin blieb sie cool. »Danke! Das ist sehr nett von Ihnen.«

Sie wollte die Distanz zwischen ihnen unbedingt aufrechterhalten und blieb konsequent per Sie. Vielleicht entführte er sie dann ja doch nicht?

Doch statt Hannahs Gepäck zu nehmen und auf den Pick-up zu laden, ging er an ihr vorbei, direkt durch die schiefe Holztür, und verschwand in der Hütte. Sie hatte das Häuschen bereits inspiziert. Da drinnen war nichts, außer einem Tisch und vier Sesseln, einem Kühlschrank, den sie sich bei diesen Temperaturen hätten sparen können, und einer Mini-Küchenzeile. Da überall Anglerzeug herumlag, diente sie wohl als Angelhütte.

Mit einem kleinen Päckchen in der Hand kam er zurück, und Hannahs Herzschlag setzte für einen Moment aus. Das war exakt das braune Päckchen, das Steve in die Hütte getragen und auf den Tisch gelegt hatte. *Meine Güte, die schmuggeln hier Drogen*, schoss es Hannah durch den Kopf.

»Okay, es kann losgehen. Wirf deine Sachen einfach hinten auf die Ladefläche.«

Das war nicht mehr nötig, Hannah hatte sich fürs Erfrieren entschieden.

»Danke, aber ich habs mir anders überlegt.«

»Wie du willst. Aber wenn Dana bis jetzt nicht aufgetaucht ist, dann wird sie dich vermutlich vergessen haben.«

Das ist mir egal, dachte Hannah. »Das glaube ich nicht. Sie hat mir ja eine E-Mail geschickt, dass sie mich hier abholen wird.«

Nun öffnete er seinen Anorak ein Stück am Hals, und Hannah konnte das erste Mal sein Gesicht mustern. Er war braungebrannt, was verwunderlich war, hatte tiefbraune Augen, die sie auslachten, und wenn der Bart nicht wäre, würde er ziemlich gut aussehen. *Blödsinn. Er sieht toll aus.*

Plötzlich streckte er seine Hand aus: »Jack.«

Verdutzt schüttelte Hannah ihm die Hand. »Freut mich.«

»Mich auch, aber wie heißt du?«

»Hannah.«

»Aha. Nun, dann grüß die Stachelschweine von mir, wenn du an den Stika-Fichten vorbeigehst.«

Während das bei Hannah erst sickern musste, stieg er bereits in den Truck.

Stachelschweine? Hannah hatte irgendwo einmal gelesen, wie gefährlich Wildschweine waren.

Sein Motor heulte auf, und sie lief ihm nach.

»Halt! Bleib stehen! Ich habs mir anders überlegt«, schrie sie im nach, doch er rollte davon.

»Ich hasse dich und alles hier«, rief Hannah in Richtung des Wagens, bei dem jedoch plötzlich die Bremslichter aufleuchteten.

Wild und verzweifelt winkte sie und beruhigte sich langsam wieder, denn er kam schon im Rückwärtsgang auf sie zu. Als der Wagen anhielt, ließ er die Scheibe herunter.

»Bist du jetzt sicher, was du willst, oder überlegst du es dir wieder anders?«, ätzte Jack.

»Nein. Völlig sicher.« Hannah schnaufte und warf auch schon ihre Sporttasche auf die Ladefläche. Mit dem Koffer versuchte sie es ebenfalls, aber ohne Erfolg. Er war einfach zu schwer, und sie konnte ihn nicht höher als einen halben Meter heben.

»Gib ihn mir.« Beinahe mühelos wuchtete Jack ihren schwarzen Koffer in den Wagen.

»Danke.« Schnell stieg Hannah ein und hoffte inbrünstig, dass der Kerl so nett war, wie er aussah. Denn das tat er. Also irgendwie. Wenn man das Rustikale schätzte. Vollbart, Holzfällerhemd und so.

Natürlich hatte Hannah keine Ahnung, was Jack sich dachte, als er sie mit einem Schmunzeln von der Seite musterte. Hübsch war sie. Außergewöhnlich hübsch sogar. Besonders ihre grünen Augen.

2

Mit der Überzeugung ›Ich bring ihn um!‹ warf Hannah keine drei Minuten später ihren Koffer von der Ladefläche nach unten in den Schnee, nachdem sie einfach hinaufgeklettert war. Aber das »Tolle Wegbeschreibung! Du hättest gleich sagen können, wie nahe die Pension ist« konnte sie sich nicht verkneifen.

»Wieso? Meine Wegbeschreibung war perfekt. Du hast mich ja nicht gefragt, wie weit entfernt sie ist.«

»Klar. Danke.« Hannah war stocksauer.

»Gerne. Wir Schotten sind eben sehr zuvorkommend.«

»Natürlich. Du hast dunkelbraune Augen und schwarzes Haar und willst mir jetzt erklären, dass du Schotte bist?«

»Schottischer Abstammung. Frag Dana. Aber jetzt muss ich. Wir sehen uns.« Und weg war er.

Hannah atmete tief durch und betrachtete das Haus. Links vor der Pension stand ein lebensgroßer Elch mitten im Schnee, der mit Goldfarbe bestrichen war, und daneben ein Schild, auf dem bezeichnenderweise *Golden Moose* stand. Das Haus selbst war entzückend. Weiß gestrichen, einen Stock hoch mit einem Vordach, unter dem die Eingangstür aus Holz mit einem grünen Kranz geschmückt war. Das gesamte Gebäude war von einer Veranda eingefasst und sah genauso einladend aus wie auf den Fotos im Internet.

Okay. Wenigstens ist es keine Bruchbude. Hannah schnappte ihren Koffer, stellte ihre Sporttasche darauf und versuchte, das Ganze über den plattgetretenen Schnee zu rollen.

»Hannah!« Eine rundliche Frau in blassrosa Anorak, grüner Mütze und dicken Winterboots stand plötzlich in der offenen Tür. »Ich wollte dich eben abholen kommen.«

Hannah blieb stehen. *Jetzt?* »Das ist nett, aber ich bin vor etwa einer halben Stunde gelandet.«

Dana stürzte ihr entgegen, zog Hannah einfach an ihre Brust und nahm ihr die Sporttasche ab. »Und wie bist du hergekommen?«

»Mit Jack.«

Ihre kleinen, hellblauen Augen leuchteten auf. »Oh, das ist gut. Dann habt ihr euch schon kennengelernt.«

»Äh, ja. Ist das wichtig?«

»Natürlich, denn was auch immer hier schiefgeht oder gelöst werden muss, checkt Jack. Das musst du dir merken.«

Hannah grinste. Klar, das passte perfekt zu ihm. Und die Drogen lieferte er gleich dazu. »Das ist toll, aber ich werde ihn sicher nicht brauchen, denn ich habe vor, einen absolut geruhsamen Urlaub zu verbringen.«

Schmunzelnd nickte Dana. »Und das wirst du, ganz bestimmt. Ich habe mich schon so auf deine Ankunft gefreut. Wir hatten noch nie einen Gast aus Österreich.«

Noch nicht mal einen von irgendwo anders als Kanada. Aber das sollte sich nun ändern, seit ihre beste Freundin die Pension auf alle möglichen Online-Buchungsseiten gestellt hatte. Dana war zuerst völlig dagegen gewesen, aber jetzt, da diese junge Frau mit dem lustigen Akzent vor ihr stand, entpuppte sich die Sache doch als gute Idee. Abwechslung konnte nie schaden.

Umgekehrt dachte sich auch Hannah so einiges über diese Pension. Die Frage, die Hannah sich etwas später stellte, war, ob Dana überhaupt einen anderen Gast außer ihr hatte. Zumindest ließ nichts darauf schließen, als sie vor der Rezeption, mitten in einem kleinen Vorraum stand.

Die Einrichtung erinnerte an alte Filme, war dunkel, sehr holzlastig, und das Thema Elch war nicht zu übersehen. Überall hingen Elchbilder oder posierten kleine Elchfiguren. Am Schlüsselbord waren fünf Zimmer ausgewiesen, vier Schlüssel mit der goldenen Silhouette eines Elchs hingen noch dort, und einen davon gab ihr gerade Dana.

»Danke. Ich werde mal meinen Koffer ins Zimmer stellen.«

Wie zu erwarten war, zeigte Dana ihr nicht nur das Zimmer, das echt süß und sehr gemütlich in hellem Holz und mit viel Weiß und Gelb eingerichtet war – es gab sogar eine kuschelige Sitzgruppe –, sondern gleich das ganze Haus. Dana führte sie in einen Frühstücksraum, von dem aus man auf einen kleinen See hinter dem Haus blickte. Gleich daneben war eine geräumige Wohnküche mit einem Tisch und drei Stühlen, und es gab auch so etwas wie ein Wohnzimmer mit einem offenen Kamin, einer einladenden Sitzgruppe aus dunklem Leder und mit bunten Zierkissen. Daneben standen zwei Regale voll mit Büchern. *Einfach perfekt*, dachte Hannah.

»So, und jetzt kommst du mit in die Küche, und ich richte dir einen späten Lunch. Du wirst von der langen Reise doch sicher sehr hungrig sein.«

Jetzt, da Dana Essen erwähnte, knurrte tatsächlich Hannahs Magen. »Gerne. Das ist echt nett von Ihnen.«

»Ich bin einfach nur Dana. Okay? Hier spricht sich niemand mit dem Nachnamen an. Nur der Doc heißt Doc.«

»Verstehe.«

Drei Stunden später war Hannah noch immer pappsatt und hatte sich auch schon in ihrem kleinen Reich für die kommenden zwei Wochen eingerichtet. Ihre Kleidung hatte sie fein säuberlich in den großen Schrank geschlichtet oder gehängt, ihr E-Reader lag auf dem Nachtkästchen, und sie hatte noch eine Tasse Tee mit Dana getrunken, zu der es Schokoladenkuchen gegeben hatte.

Überhaupt war Dana ihr kaum fünf Minuten von der Seite gewichen. Hannah wusste nun mehr über den Ort und seine Bewohner, als sie jemals hatte wissen wollen. Die meisten Infos über die Bürgermeisterin, den Vater irgendeines Einheimischen, der der beste Bärenfänger war, und über den Jungen, der ein Händchen für Huskys hatte, eine Gabe, wie Dana es beschrieb, vergaß sie gleich wieder. Genauso wie die Tatsache, dass Dana den Chor leitete, der aus fünf Personen bestand, die Vorsitzende des Weihnachtskomitees und damit verantwortlich für die große Weihnachtsmeile war, die im Endeffekt nur etwa zweihundert Meter lang war.

In bunten Farben hatte Dana ihr geschildert, wie aufwendig das Dorf zu Weihnachten dekoriert wurde, welche Lichtspiele und welches Unterhaltungsprogramm es gab. Typisch Alaska, hatte Hannah gedacht, als Dana erzählt hatte, dass das Highlight das Schnitzen von Krippenfiguren mit der Motorsäge war und sie mit ihrer besten Freundin ganz gerne auf die Jagd ging.

So aufmerksam und lieb Dana auch war, Hannah brauchte ein wenig Abstand und wollte zu sich kommen. Hier ankommen, ohne der älteren Dame ständig zuhören oder auf ihre Fragen antworten zu müssen.

Da ihr nach dem Tee wohlig warm war, beschloss Hannah, eine kurze Runde durchs kleine Dorf zu machen, an dessen äußerstem Rand die Pension gelegen war. So entkam sie Dana und lernte gleich ihren Urlaubsort kennen.

Mit ihren hohen Stiefeln ging Hannah am frühen Nachmittag die Straße entlang, was kein Problem war, denn der Schnee war festgetreten und griffig. Die Privathäuschen, an denen sie vorbeikam, sahen alle einander ähnlich und waren mit Holz verkleidet. Manche waren dunkelrot gestrichen, andere in verschiedenen Naturtönen. Vor den meisten parkte ein etwas in die Jahre gekommener Pick-up.

Auf der linken Straßenseite sah sie das Schild des Arztes, den Dana erwähnt hatte, und gleich daneben war eine Art Mini-Lebensmittelgeschäft, das, wie sie durch die Auslagenscheibe sehen konnte, auch von der Zahnpasta bis zum WC-Papier alles für den täglichen Bedarf anbot. Und dieses armselig aussehende Elch-Plüschtier, das vermutlich schon seit Jahren in der Auslage sein Dasein fristete.

Dennoch gefiel Hannah, was sie sah. Dieser kleine Ort war wirklich entzückend. Irgendwie aus der Zeit gefallen, und insofern hatte Patrick recht gehabt: ›Alaska ist zwar nicht das, was du üblicherweise für einen Urlaub gewählt hättest, aber du wirst sehen, es wird dir gefallen.‹

Gleich nach dem Laden folgte das vermutlich einzige Lokal des Villages, die *Loose-Moose-Bar*. Hannah musste kurz wegen des Namens schmunzeln und beschloss, ihren Urlaub mit einem Kaffee oder vielleicht einem Drink zu beginnen, je nachdem was die Bar zu bieten hatte. Sie trat durch die massive Holztür nach drinnen, wo es wohlig warm war. Sofort drehten sich alle Gäste, die an den schweren Holztischen saßen, zu ihr um. Es waren jedoch nur fünf Personen, die sie auf die Schnelle zählte.

Jedes Gespräch erstarb, und jeder sah sie an. *Meine Güte*, dachte Hannah. *Was soll denn das jetzt?*

Mit einem »Hallo« ging sie an Tischen vorbei, direkt auf die Bar zu, und setzte sich auf einen der gepolsterten, weinroten Hocker mit Lehne. Hannah wunderte sich, dass niemand hinter dem Tresen stand.

Doch dann kam eine brünette Frau aus der Küche geschossen, etwa in ihrem Alter. So um die dreißig. In ihren Jeans, dem T-Shirt, auf dem unübersehbar ›Don't touch‹

prangte, und den extrem großen stahlgrauen Augen sah sie nicht nur hübsch, sondern sehr sympathisch aus. Überhaupt hatte Hannah noch nie jemanden mit so ausgefallenen und interessanten Augen getroffen. Und diese Frau hatte Oberarmmuskeln, um die Hannah sie beneidete. Mühelose trug sie zwei Tabletts gleichzeitig, auf denen Teller mit Burgern und Pommes Frites standen, sowie jeweils zwei Pitcher Bier. Sie nickte Hannah kurz zu. »Bin gleich bei dir.«

»Danke.«

Hannah beobachtete die junge Frau, wie sie die Menüs einem Ehepaar servierte, das ganz hinten saß, sich dann über die lange dunkelrote Schürze über den Jeans wischte und sich neben Hannah stellte. »Hi, ich bin Angel. Danas Tochter. Und du bist sicher Hannah, oder?«

War das hier wirklich so wie in den Filmen und Serien rund um Alaska? Jeder kannte jeden, jede Neuigkeit verbreitete sich wie ein Buschfeuer, und außerdem war jeder mit jedem verwandt? »Ja, schön, dich kennenzulernen.«

»Ebenfalls. Meine Mutter hat sich schon so auf deine Ankunft gefreut.«

Hannah schmunzelte. Ja, es war so wie in den Filmen. Allerdings … »Sie scheint sich aber nicht so sehr gefreut zu haben, dass sie mich rechtzeitig vom Flugzeug abgeholt hätte. Ich musste mit einem gewissen Jack zur Pension fahren.«

Hannah hatte sich diese Bemerkung einfach nicht verkneifen können, wollte sie jedoch gleich wieder abschwächen. »Aber deine Mutter ist superlieb und die Pension und ihr Essen ein Traum.«

Angel grinste. »Ja, ist sie. Mit meiner Mutter zu wohnen ist allerdings schlecht für die Figur, und sie hört auch nicht auf zu reden. Du bist wohl gleich geflüchtet, was?«

Hannah fühlte sich auf unangenehme Weise ertappt. »Äh, nein. Ich wollte bloß –«

In diesem Moment legte Angel den Arm auf ihren und unterbrach sie. »Schon gut. Du brauchst dich nicht zu entschuldigen. Jeder hier weiß, wie anstrengend meine Mutter sein kann, gerade weil sie ein verdammt großes Herz hat. Und auch, dass sie gerne redet. Dabei wird sie nur von Sarah geschlagen.« Hannah musste lächeln, das war echt eine liebe Geste von Angel. »Hannah, hier in der Bar sitzt niemand, der nicht auch schon mal vor ihr geflüchtet ist. Mich eingeschlossen. Deshalb wohne ich jetzt über der Bar.«

Die beiden Frauen sahen einander schmunzelnd an, Angel zwinkerte kurz, und Hannah hoffte im Stillen, hier auf Anhieb so etwas wie eine Freundin gefunden zu haben. Wenn auch nur für den Urlaub. »Okay. Ich gebs zu. Nach den Ausführungen zur Schlitten-Parade und dem Weihnachtskugelbemalen wollte ich mal kurz an die frische Luft.«

Angel lachte hell auf. »Wusste ich es doch. So … Was kann ich dir nun bringen?«

»Essen kann ich nichts mehr, aber vielleicht einen Kaffee?«

»Gerne, aber du bist doch im Urlaub. Wie wäre es mit einem Kodiak Coffee?«

Hannah hätte nachfragen können, woraus der bestand, wollte sich jedoch überraschen lassen. »Klingt toll, den nehme ich, bitte.«

Während Angel an der Kaffeemaschine hantierte, strömte ein kalter Luftzug um Hannahs Beine. Sie drehte sich um. *Klar! Wer sonst?*

Jack kam direkt auf sie zu und setzte sich mit einer Selbstverständlichkeit, die an Arroganz grenzte, direkt neben Hannah. »Wie ich sehe, hast du den besten Platz der Stadt bereits entdeckt.«

»›Stadt‹ ist wohl etwas übertrieben für rund dreißig Häuser, meinst du nicht?« Hannah dachte schon darüber nach, wie sie ihm freundlich aber bestimmt erklären sollte, dass sie ihren Kaffee hier allein trinken wollte, da schlüpfte Jack aus seiner Jacke und legte sie, wie auch die Mütze, auf den freien Barhocker neben sich. *Wow. Was für ein Muskelpaket!*

»Da irrst du dich. Wir haben Doc, einen Laden, die Bar, eine Werkstatt, wie du ja weißt, ein Hotel, und wir haben auch ein Rathaus und eine Baufirma. Also, für uns hier ist das eine Stadt«, erklärte er ihr völlig ernst. Doch dann grinste er sie schelmisch aus seinen dunklen Augen an. »Und wenn du hier eine schöne Zeit haben willst, dann rate ich dir, denke nicht einmal dran, Moose Creek jemals nicht als Stadt zu bezeichnen.«

»Hier!« Angel servierte ihr ein hohes Glas. Offensichtlich war dieser Kodiak Coffee einfach ein Kaffee mit einer Haube aus Schlagobers. In Wien nannte man ihn Einspänner, bloß wurde der nicht in einem Häferl mit einer riesigen Bärentatze darauf serviert.

»Danke. Das sieht toll aus.« Und zu Jack gewandt ergänzte sie: »Und dir, Jack, danke für den Tipp. Wenn du dich besser fühlst, nenne ich Moose Creek auch gerne das New York und dich den George Clooney des Nordens.«

Statt beleidigt aufzustehen, lachte Jack schallend. »Du lernst schnell. Wenn du dir jetzt noch ordentliche Stiefel und eine fellgefütterte Mütze kaufst, könnte es sein, dass wir nach einer Woche vergessen, dass du nicht von hier bist.«

Damit war Jack beim Thema, denn es interessierte ihn brennend, was diese unglaublich hübsche Frau von Europa nach Alaska geführt hatte. Noch dazu alleine.

Sie sah weder nach Heliskiing aus, das ohnehin nur über siebenhundert Meilen entfernt im Süden möglich war, noch nach Angeln oder Jagen. Er tippte auf Selbstfindungstrip. Schien bei unterbeschäftigten Europäerinnen genauso *in* zu sein wie bei gelangweilten Amerikanerinnen.

»Nett von dir, Jack, aber ich steh dazu, Touristin zu sein.«

So, genug gequatscht, dachte Hannah und probierte den Kodiak, der ölig nach hinten rann und nicht nur ihre Speiseröhre wärmte. Hannah stellte die Tasse ab und hustete kurz.

Angel kam von einem Tisch zurück. »Und? Schmeckt er?«

»Ja, aber hallo! Das Zeug ist ziemlich stark.«

Angel kicherte. »Stimmt, hab dir die Urlaubsversion gemixt.«

»Super Idee, Angel. Aber ich muss noch rüber nach Silver Creek. Also, wenn du Hannah abfüllst, musst du selbst sehen, wie du sie zu deiner Mutter bekommst.«

Nun fühlte Hannah sich doch ein wenig angegriffen. Was dachte der denn von ihr? Dass sie ein Weichei war? »Hör mal, ich kann ganz gut auf mich selbst aufpassen. Also keine Sorge.«

»Wenn du sagst«, erwiderte Jack gelassen, trank sein Bier leer und legte ein paar Dollarscheine auf den Tresen. »Ich muss jetzt los. Schönen Abend euch beiden.«

»Danke.« Angel strahlte ihn an. »Und pass auf dich auf. Wir sehen uns sicher später, ja?« Verdutzt schaute Hannah von ihr zu Jack. Konnte es sein, dass da etwas zwischen den beiden lief?

»Heute vermutlich nicht mehr. Hab einen VIP-Kunden, du weißt schon wen. Die Nervensäge. Aber wer weiß?« Jack zog sich die Jacke über, nahm die Mütze in die Hand und winkte den anderen Gästen auf Wiedersehen.

Das Wort ›VIP-Kunde‹ erinnerte Hannah sofort schmerzlich daran, warum sie überhaupt hier gelandet war. Sie konnte nur hoffen, dass sich die Leute hier lieber miteinander in der Bar trafen oder anstrengende Jobs hatten und nicht ihre Zeit mit YouTube-Memes verschwendeten. Das hatte ihr Patrick vor der Buchung zumindest versprochen.

Unwillkürlich wurde sie rot und hoffte, dass Angel, die ihr

gegenüber an der Theke stand und Gläser trockenwischte, es nicht bemerkte. Die Sache war einfach zu peinlich.

»Ist er nicht heiß«, stellte Angel fest, obwohl sie es wie eine Frage formulierte.

Na ja. Gut, Jack sieht fantastisch aus, vorausgesetzt, man steht auf diesen herben Look. Igitt! Der rasiert sich sicher nicht einmal unter den Achseln, geschweige denn sein Brusthaar, schoss es Hannah durch den Kopf. Aber sie wollte ihre neue Freundin nicht gleich vor den Kopf stoßen. »Irgendwie schon.«

Angel beugte sich mit einem verschwörerischen Blick über die Bar. »Ich weiß ja nicht, wie das bei dir in Wien ist, aber für hier ist Jack ein Royal Flush, falls du weißt, was ich meine.«

»Nicht ganz, klingt aber nach Volltreffer.«

»Jap. Das ist das höchste Blatt beim Poker.«

»Aha.« Hannah hatte noch nie Poker gespielt.

Falsch. Sie hatte, aber bei Strippoker auf einer Exkursion in ihrer Schulzeit. Sie waren alle jung und dumm gewesen, daher war es weniger darum gegangen, dass man sich wirklich bei dem Spiel auskannte. Doch was sagte sie nun zu Angel? ›Hände weg, der dealt sehr wahrscheinlich mit Drogen, und dieser Pilot, Steve, der steckt mit Jack unter einer Decke?‹

Keine gute Idee.

»Dann spielt ihr hier Poker?« Das war gut. Unauffällig und unverfänglich.

»Ich nicht, aber die Männer. Jeden Freitagabend. Also, wenn sie Zeit haben.«

»Ich dachte, Glücksspiel ist in Alaska verboten.«

»Ist es auch bis auf Bingo und Pull-Tabs.«

»Und sie spielen es trotzdem?«

»Ja, im Hinterzimmer. Hannah, wir sind hier in Alaska, was denkst du denn, wie wir uns hier die Zeit vertreiben?

In schicke Clubs gehen wir jedenfalls nicht. Und Tinder-Dates tauchen hier auch keine auf.«

Hannah musste mit Angel mitlachen. »Sorry, ich wollte dich oder euch alle hier ganz sicher nicht beleidigen, Angel.«

»Weiß ich doch.« Sie nahm das nächste Glas in die Hand und trocknete es ab, ohne hinzusehen.

»Puh, dein Kaffee hat mich geschafft«, meinte Hannah, hatte ihn aber bis zum letzten Tropfen ausgetrunken. »Ich bin echt müde. Vermutlich auch wegen des Jetlags. Vielleicht komme ich besser morgen wieder, und du gibst mir ein paar Tipps, was ich hier tatsächlich unternehmen könnte?«

Angel grinste sie aus ihren stahlgrauen Augen an. »Klar. Du solltest dir auf jeden Fall andere Stiefel zulegen, oder hast du welche mit?«

Kopfschüttelnd erwiderte Hannah: »Nein, leider. Aber die Stiefel sind mit Fell gefüttert und haben eine ziemlich gute Sohle.«

»Wie du meinst«, kommentierte Angel mit einem Schmunzeln, ehe sie an einen Tisch musste.

»Äh, kann ich noch schnell zahlen?«, rief Hannah ihr nach.

»Der erste geht aufs Haus! Grüß Mom von mir.«

Hannah stand auf. »Danke, das ist aber lieb, Angel, und klar, mach ich!«

Angel winkte ihr und kümmerte sich um die drei Männer, die nahe des Eingangs saßen, während Hannah ihren Kragen hochzog und den Weg zurück ins *Golden Moose* antrat. Als sie vor die Bar trat, war es zwar erst kurz vor fünf Uhr nachmittags, aber sie wollte nur noch ins Bett.

Es könnte hier weitaus schlimmer sein, sprach sie sich selbst Mut auf dem Heimweg zu, denn sie wollte diesen Zwangsurlaub, und genau das war es, aus gleich zwei

Gründen zumindest ein wenig genießen. Selbst wenn sie noch nicht genau wusste, wie sie das anstellen sollte. Sonst war sie, wann immer sie konnte, irgendwo ans Meer geflogen. Aber das hier? Das war Neuland für sie.

Nun … Eine Sache habe ich heute schon gelernt: Sei beim Kodiak Coffee auf der Hut und prüfe, wie viel Whisky sie dir reinleeren.

Das war, bevor Hannah noch weitere Gepflogenheiten in Moose Creek kennenlernte. Im Nachhinein betrachtet hätte sie eher gesagt: *Trink so viel Alkohol, wie Angel dir freiwillig ausschenkt.*

Die nächsten drei Tage überstand Hannah überraschend gut, und das, obwohl ein Schneesturm über den kleinen Ort hinweggefegt war und sie daher nirgendwohin konnte. Den Sturm selbst hatte Hannah beinahe zur Gänze verschlafen, aber sie hatte dessen Ausläufer bei einem herrlichen Brunch, den Dana gezaubert hatte, vom Fenster aus beobachtet. Nun ... Gesehen hatte Hannah nicht viel, denn jede einzelne Glasscheibe im Haus war einfach von einer milchfarbenen Wolke vernebelt worden, begleitet von ziemlich beängstigenden Geräuschen.

Aber Dana hatte Hannah beruhigt. ›Das ist ganz normal hier. Keine Sorge. Ich habe genügend zu essen und zu trinken.‹

Und das stimmte auch. Hannah hatte sich auf Anhieb in Danas Waffeln mit Birch Syrup verliebt, der dünner war als Ahorn-Sirup, aber ähnlich schmeckte, wenn auch etwas intensiver.

Vielleicht um Hannah zu beruhigen, hatte Dana mit ihr eine Führung zum Notstromaggregat hinter dem Haus unternommen, zur Hausquelle und dem Kühlraum mit gefühlt hunderten Gläsern an eingemachtem Fisch und Fleisch, Suppen und Marmeladen.

Mittlerweile war auch klar, dass Hannah tatsächlich der

einzige Gast in der Pension war und dass Dana das *Breakfast*, welches Hannah gemeinsam mit dem *Bett* gebucht hatte, einfach in eine Vollpension umgewandelt hatte. Um kein allzu schlechtes Gewissen zu haben – denn Dana hatte Hannah sofort erklärt, dass sie ganz sicher keinen Dollar mehr dafür bezahlen musste –, schaufelte Hannah zwei Tage lang Schnee. Immer so lange, bis ihre Stiefel komplett durchnässt waren. Dann stellte Hannah sie zum Trocknen vor den offenen Kamin im Wohnzimmer, wärmte sich selbst mit Tee auf und schlüpfte meist nach ein oder zwei Kapiteln im Roman wieder hinein, um weiterzumachen. Aber Hannah gefiel die körperliche Arbeit, so konnte sie ohne Selbstvorwürfe mehr von den Waffeln und köstlichen Kuchen essen.

Klarerweise war auch Dana der Ansicht, sie müsse sich neue Stiefeln kaufen, denn sie war besorgt, dass Hannah sich entweder den Tod in diesen ›Dingern‹ holen oder das Bein brechen würde.

Heute, am dritten Tag nach dem Schneesturm, glitzerte der frische Schnee im geradezu gleißenden Sonnenlicht. ›Gleißend‹ für Alaska bedeutete, einige der schneebedeckten Flächen, die direkt von der Sonne angestrahlt wurden, funkelten tatsächlich, während die meisten im Schatten der Wolken lagen. Hannah ging nach draußen und lief wie immer gegen eine Wand aus trockener Kälte. Sie atmete die beißende Luft ein, gewöhnte sich aber schnell dran, denn Hannah fiel ein, dass ihr Dana geraten hatte, eher durch die Nase zu atmen, wenn es zu kalt war.

Mit ihren Händen, warm eingepackt in dicke pinkfarbene Fäustlinge, nahm sie den frischen Schnee und versuchte vergebens einen Schneeball zu formen. Sosehr Hannah sich auch bemühte, es gelang nicht. Der Schnee verhielt sich wie trockener, weißer Sand.

Hannah ließ ihn nach unten rieseln und klatschte so lange in die Hände, bis die Fäustlinge halbwegs schneefrei waren.

Okay. Dann eben keine Schneebälle und kein Schneemann. Das brauchte sie erst gar nicht zu versuchen.

Keine zehn Minuten später saß sie wieder auf dem gleichen Barhocker direkt vor Angel, die sich wahnsinnig über ihren Besuch zu freuen schien.

»Ich hab dich schon vermisst, und sorry, dass du allein Schnee schaufeln musstest, aber ich hatte echt keine Zeit. Wir mussten hier die Bar freischaufeln und dann noch mein Auto und den Gehweg hinunter bis nach dem Doc und rüber bis zum kleinen See.«

»Kein Problem, es hat mir sogar richtig Spaß gemacht. Außerdem ist es ja nicht so, dass ich das von Österreich nicht kennen würde.«

»Hab schon gegoogelt. Ihr habt da auch ziemlich hohe Berge.«

»Ja, aber wir jodeln nicht andauernd, und wir ziehen uns auch nicht wie die Trapp-Familie aus *Sound of Music* an.« Hannah lachte, da sie wusste, was alle Amerikaner über Österreich dachten. Vorausgesetzt, sie verwechselten Austria nicht mit Australien und stellten dämliche Fragen zu Kängurus.

»Hab ich mir schon gedacht.« Angel kicherte und deutete auf Hannahs lila Wollkleid, das ziemlich schick war. »Ich liebe dein Kleid.«

»Danke, das ist lieb! Und ich liebe deine T-Shirts. ›Inconvenient‹ habe ich noch nie auf einem T-Shirt gelesen.«

Angel blies sich ihre dunklen Locken aus dem Gesicht. »Kein Wunder, die lasse ich selbst bedrucken, und das hier soll heißen: ›Lasst mich in Ruhe, ich kann bösartig werden, wenn mir einer auf den Hintern greift.‹«

»Wow! Und das alles hast du perfekt in ein Wort gebracht! Du bist ein Genie.«

»Wenn, dann ein verkanntes. Hier zählt mehr, was du in den Muskeln als im Kopf hast.« Nebenbei wischte Angel den Tresen ab. »Aber so ist es eben. Was möchtest du denn trinken?«

»Heute tatsächlich nur Kaffee, bitte.«

Angel schüttelte den Kopf. »Sag mal, ist das wirklich deine Idee von Urlaub? Du kommst in dieses gottverlassene Nest und trinkst Kaffee? Wenn ich du wäre, ich würde mir das Stärkste reinschütten, was die Bar zu bieten hat, und mich jeden Tag von Jack in die Pension bringen lassen.«

»Was ist mit mir?«

Hannah fuhr herum. »Äh, nichts.«

Doch Angel war nicht nur unheimlich sympathisch, sondern leider auch gnadenlos ehrlich. »Ich hab Hannah geraten, endlich Urlaub zu machen und auf den Putz zu hauen. Sprich: Alkohol bis zum Abwinken und sich dann von dir in die Pension fahren lassen.«

Jack nahm wie selbstverständlich neben Hannah Platz. »Guter Plan, aber ich kann leider nicht. Muss wieder hinauf zu Daniels Lodge.«

Angel hob die Augenbrauen.

»Dann bleibt er länger?«, fragte sie verschwörerisch nach.

Hannah merkte sofort, dass es sich um ein Geheimnis handeln musste, war aber zu neugierig. Immerhin hatte sie seit drei Tagen nicht gegoogelt, weil das Internet ausgefallen war. Was gut für sie war. Andererseits aber auch wieder nicht so toll.

»Wer ist denn dieser geheimnisvolle Daniel, Angel?«

Doch Angel drehte sich weg und hantierte an der Kaffeemaschine herum. Beiläufig sagte sie noch zu Jack: »Erklär du es ihr.«

»Ich? Ich sag gar nichts«, entrüstete sich dieser sofort. »Nur so viel: Ein berühmter Mann, der hier die Ruhe sucht.«

Oh. »Na dann wünsche ich ihm, dass er sie auch findet.«

Von Berühmtheiten hatte Hannah ohnehin die Nase voll.

Die beiden konnten nicht ahnen, *wie* voll. Auf jeden Fall flaschenweise Prosecco und Berge an Taschentüchern die Nase voll!

»Ganz bestimmt, aber wenn ich du wäre, würde ich ihm eher wünschen, dass ihm kein hungriger Bär über den Weg läuft.« Jack schmunzelte.

»Hör mal, ich weiß ja, dass es hier Bären gibt, aber ich bin keine Tussi, vor der du das ständig erwähnen musst, zumal die Wahrscheinlichkeit, dass mir oder diesem Typen einer über den Weg läuft, ziemlich gegen null geht.«

Jack drehte sich kurz um und sah bei den Fenstern Richtung Hinterhof hinaus. Dann erwiderte er grinsend: »Gut, dann geh mal hinters Haus.«

»Was soll ich hinter dem Haus?«

Doch schon stand er auf, zog sie an der Hand mit und öffnete eine Tür, vor der eine Reihe an Mistkübeln stand. Hier lag auch jeglicher Unrat herum, der ausgemustert, aber nicht weggeführt worden war. Inklusive einer alten Matratze.

Beide waren in der offenen Tür stehen geblieben. »Also, ich sehe keinen Bären.« Hannah grinste triumphierend. »Du etwa?«

Erst dann weiteten sich ihre Augen. Sie starrte das Tier an, das direkt hinter einer kleinen Hütte zum Vorschein kam und auf sie zutrottete. Es war dunkelbraun und nicht wirklich groß. Aber trotzdem angsteinflößend. *Gefährlich*, schrie Hannah innerlich auf, als sie die gesamte Szene endlich erfasst hatte.

Jack musste gar nichts mehr antworten, denn vor lauter Schreck sprang Hannah einen Schritt nach hinten, blieb mit einem Stöckel im Türsockel hängen und landete unsanft auf ihrem Po.

»Das ist ein Bär! Mach die Tür zu«, schrie sie ihn an, und alle Augen waren auf sie gerichtet, was Hannah allerdings nicht sehen konnte. Das darauffolgende Lachen hörte sie jedoch sehr wohl.

»Sag ich doch, wir scherzen hier nämlich nicht.« Jack grinste, und seine schwarzen Augen funkelten schelmisch. Er bot ihr die Hand an, aber Hannah rappelte sich selbst hoch.

»Was tut der denn hier? Ihr müsst ihn verjagen!«

»*Brownie?* Der kommt jeden Tag und durchsucht die Müllkübel nach etwas Fressbarem«, lautete Jacks lapidare Antwort. »Brownie steht nämlich auf Kuchen.«

»Du hast ihm einen Namen gegeben?«

»Wir nennen ihn alle so.«

Hannah hatte genug gehört und gesehen. Sie lief zurück an die Bar, schob den Kaffee zur Seite und bestellte bei Angel: »Das Stärkste, das die Bar zu bieten hat, bitte.«

»Na endlich wirst du vernünftig.« Angel lachte und brachte ihr irgendeinen Schnaps. Vermutlich einen mindestens neunzigprozentigen, denn er brannte wie die Hölle, als Hannah ihn ex trank.

»So, und du bringst mich dann bitte nach Hause, Jack«, erklärte sie ihm ohne Umschweife. »Und daran bist du selbst schuld. Jetzt kann ich nie mehr allein die paar Meter zur Pension gehen.«

»Wieso? Brownie war auch das erste Mal, als du hier warst, hinten bei den Mistkübeln, und du bist nicht aufgefressen worden, denn sonst wärst du heute vermutlich nicht hier, oder?«

»Klugscheißer«, beschimpfte Hannah den großen Dunkelhaarigen. »Jetzt weiß ich es, und das ändert alles.«

Als Jack kurz auf die Toilette verschwand, stürmte Angel, gleich nachdem sie Doc bedient hatte, zu Hannah. »Wow! Von dir kann ich echt was lernen!«

Wie man sich in drei Sekunden blind säuft? »Und was bitte schön?«

»Na, wie du das gemacht hast. Mit Jack und so.«

»Du glaubst ja nicht wirklich, dass das Absicht war, Angel? Ich glaub, ich hab mir vor Angst ins Höschen gepinkelt.«

Angel rollte mit den Augen. »Schade. Jetzt warst du kurz meine Heldin, aber mit dem Bild im Kopf hast du alles zunichte gemacht.«

Mag sein. »Aber ich lebe noch. Betrachte es mal von der positiven Seite!«

Zum Lachen fand Hannah an der Situation nichts, doch damit war sie, wie es schien, die Einzige. Und von Privatsphäre hielt hier offenbar auch niemand etwas, denn dieser Doc, ein kleiner, grauhaariger Mann, meldete von hinten: »Keine Sorge, passiert jedem beim ersten Mal. Aber sollte es sich wiederholen, komm gerne bei mir in der Praxis vorbei.«

Genau diese Art von Diskussion hatte Hannah gefehlt. »Danke, aber da ich ab heute keinen Schritt mehr zu Fuß gehe, selbst wenn ich hier übernachten muss, wird sich das nicht mehr wiederholen.«

War das alles peinlich! Anscheinend war das ihr neues Hobby: ›Finde ein Fettnäpfchen und spring Kopf voraus hinein, und zwar so, dass Millionen von Menschen ihren Spaß daran haben können.‹ »Kann ich noch einen von diesen Shots haben?«

Angel nickte, füllte ihr Schnapsglas auf und nahm anschließend Bestellungen auf. Während Hannah den Inhalt hinunterkippte und feststellte, dass der zweite eindeutig weniger brannte als der erste, und sie daher annehmen konnte, dass der dritte Shot ihr vielleicht schmeckte, zischte Angel in die Küche und kam mit Hot Dogs zurück, die herrlich dufteten. Jack erschien auch wieder. »Und? Hast du dich erholt?«

»Ja. Noch zwei, drei Shots und ich habe vergessen, wo ich bin.«

»Das wäre aber schade«, erklärte ihr Angel im Vorbeigehen. »Wir haben für dich nämlich morgen eine fantastische Hundeschlittentour ausgemacht. Jack und Cole nehmen dich mit.«

Hannah ließ ihren Kopf auf den Tresen fallen, dann hob sie ihn hoch und sah Jack eindringlich an. »Sicher nicht.«

»Das war aber keine Frage, Hannah. Wir treffen uns morgen so gegen zehn Uhr. Ich hole dich ab.«

»Kannst du vergessen. Ich fahr sicher nicht mit irgendwelchen wilden Hunden durch den Wald.«

Angel war zurückgekommen und legte den Arm um Hannahs Schulter. »Musst du aber. Du kannst doch nicht hier auf Urlaub gewesen sein und nicht den großen See oben gesehen haben! Und die Hunde sind auch nicht wild, sie gehören Cole.«

»Aha. Und wer ist Cole?«

Ein etwa fünfundzwanzigjähriger Indigener stand vom Männertisch auf und kam direkt auf Hannah zu. »Ich.«

Okay. Also, das ganze Lokal hatte ihr dabei zugesehen, wie sie auf den Hintern gefallen war, und wusste nun auch, dass sie aus Angst vor dem Bären ins Höschen gepinkelt hatte. Wunderbar. Und jetzt wussten alle, dass sie nicht weniger Angst vor einer Hundeschlittenfahrt mit Jack und Coles Hunden hatte.

Hannah atmete tief durch. Dann gab sie ihm die Hand. »Hannah, freut mich. Nun ... Wenn das deine und nicht Jacks Hunde sind, kann ich die Schlittenfahrt ja versuchen.«

Es war mehr eine Frage als eine Feststellung, aber Coles Augen leuchteten auf. »Unbedingt. Ich komme ja auch mit, und außerdem werden wir –«

Jack unterbrach ihn mit erhobener Hand. »Wir wollen doch nicht alle Überraschungen verraten, Cole!« Dann stand er auf. »Morgen um zehn.«

»Wir holen dich mit den Hunden ab, aber zieh dir andere Stiefel an«, erklärte ihr Cole schelmisch grinsend, bevor er sich wieder an den Tisch zu den beiden älteren Männern setzte und Jack durch die Eingangstür verschwand.

»Mist! Und wer bringt mich jetzt nach Hause?«

»Du kannst meinen Wagen nehmen. Steht gleich vor der Tür. Er war mal himmelblau.«

»Aber ich hab doch schon drei Shots getrunken?«

»Unter drei springt er erst gar nicht an, und du willst doch nur zu Mom, oder?«

»Natürlich.«

»Na dann. Noch einen?«

Hannah wehrte ab. »Nein danke, jetzt trink ich doch einen Kaffee, bitte.«

»Ist gut.« Angel lehnte sich zu ihr. »Magst du Jack nun oder nicht?«

»Wieso? Ehrlich gestanden ist er mir egal.«

Wieder verdrehte Angel die Augen. »Merkst du es denn nicht, wie er dich immer ansieht? Seit du hier bist, ist er ... Irgendwie anders.«

Hannah lachte. »Dann war er vorher also nett, zuvorkommend und charmant?«

Voller Ernst nickte Angel. »Ja, genauso ist Jack.«

»Dann kehre ich wohl seine schlimmste Seite hervor. Aber Angel, nur damit das klar ist, ich bin nicht auf einen Urlaubsflirt aus. Also solltest du –« Sofort verschloss ihr Angel den Mund mit der Hand.

Hannah nickte zum Zeichen, dass sie verstanden hatte. Angel wollte das nicht hier vor allen besprechen. Als Angel die Hand wegnahm, flüsterte sie ihr zu: »Alles gut, wenn du willst, helfe ich dir dabei.«

»Bist du verrückt? So war das nicht gemeint. Jack und ich haben schon nackt in der Sandkiste gespielt.«

Oh. Dann hatte Hannah wohl etwas falsch interpretiert. »Okay, vergessen wir das wieder. Wann hast du denn heute frei?«

»Wenn der Letzte gegangen ist.«

»Okay, dann bleibe ich so lange.«

»Und warum?«

»Einfach um mit einer Freundin zu plaudern. Ich glaube, ich brauche das. Natürlich nur, wenn du einverstanden bist?«

»Und ob ich das bin. Ich brauche das auch!« Angel freute sich schon jetzt auf das Gespräch mit Hannah. So eine Freundin wie diese Frau hatte sie sich immer gewünscht. Und gehabt. Am College in Anchorage. Any. Leider war Any mittlerweile nach San Francisco gezogen, weil sie die Kälte hier nicht mehr ausgehalten und zudem einen Job als Meeresbiologin ergattert hatte.

Hannah lehnte sich gemütlich zurück. »Das ist ja perfekt.«

Vielleicht würde sie Angel von ihrem Job als Event-Managerin erzählen. Doch den Gedanken, dass sie sich vor Kurzem wegen der Peinlichkeit ihres Lebens diesen Zwangs-urlaub selbst auferlegt hatte, schob Hannah schnell wieder weg. Das hieß ja nicht, dass sie Angel nicht alles andere sagen konnte.

»Machen wir. Magst du etwas essen?«

»Ja gerne. Was empfiehlst du denn?«

»Entweder den Salmon, der ist ganz frisch, oder die Reindeer Dogs.«

Hannah wurde allein bei dem Gedanken übel. Egal ob das nun bedeutete, das Gericht bestünde aus Rentieren oder aus Hunden. »So was kann man doch nicht essen!«

»Was? Die Reindeer Dogs?« Dann lachte Angel auf. »Hannah, das sind Hot Dogs, aber das Würstchen ist aus Rentierfleisch, und glaub mir, die schmecken fantastisch.«

Ach, dann war das ja das, was vorhin so gut gerochen hatte, als Angel die Teller an ihr vorbeigetragen hatte.

So wie es aussieht, überleben Vegetarier hier ohnehin keine Woche. »Verstehe. Dann riskiere ich die Dogs.«

Gegen Mitternacht waren die beiden Männer, die später gekommen waren und den letzten Tisch besetzt hatten, endlich aufgebrochen. Angel stellte die Sessel auf die Tische, kehrte die Holzdielen und richtete die Bar für den nächsten Tag her. Hannah war irgendwann vor Stunden auf das alte Ledersofa gewechselt, das gleich neben der leuchtenden Jukebox und vor dem modernen Plasma-TV stand, hatte ein wenig ferngesehen und schlief nun tief und fest.

Auf den Bodenwischer gestützt, überlegte Angel, wie sie Hannah nun in die Pension verfrachten sollte. Auch nach mehrmaligem Schütteln war sie nicht aufgewacht, sondern hatte sich nur grunzend umgedreht.

Plötzlich ging die Tür auf, und Jack kam herein. »Hab noch Licht gesehen.« Und mit einem Blick auf Hannah: »Oh.«

»Ja, oh. Soll ich sie einfach hier schlafen lassen?«

»Wird das Beste sein.« Jack grinste. »Aber gib ihr morgen ein Paar von deinen Stiefeln.« Er überlegte kurz. »Am besten borgst du ihr auch gleich einen Anorak, eine Mütze und Handschuhe. Mit denen«, abfällig zeigte er auf die pinken Strickfäustlinge, »kann sie ja nicht auf die Schlittenfahrt.«

»Mach ich.« Angel nickte. »Noch einen Drink?«

»Ein kleines Bier, bevor ich nach Hause gehe, gerne.«

»Tu nicht so, als wäre das weit. Du wohnst gegenüber.«

»Hab ich auch nicht behauptet.«

Angel servierte ihm das Bier, versorgte die restlichen Gläser aus der Geschirrspülmaschine, und Jack unterhielt sie mit ein paar der neuesten Geschichten von Daniel Lassenger. Immer wenn der Regisseur aus Hollywood sich hier nach Alaska zurückzog, war das wie Kino für die Einheimischen. Der Mann war crazy. Hatte sich von Jack eine Art fliegende Untertasse aus Holz oben in die Berge, direkt neben dem See hinbauen lassen. Und eine zweite für seinen Wellnesstempel.

Jack betrieb seit Jahren eine kleine Baufirma, die er von seinem Vater übernommen und etwas erweitert hatte.

»Also … Was hat er denn diesmal wieder angestellt?« Angel kannte zahlreiche Storys des Exzentrikers. »Oder lässt er sich wieder französischen Wein und Käse einfliegen?«

»Schlimmer. Morgen kommt Cooper Preston hierher.«

Angels Augen weiteten sich. »Was? Wow! Ich finde das super. Hoffentlich kriegen wir ihn zu sehen.«

Angel liebte seine Filme, vor allem den letzten hatte sie mindestens fünfmal angeschaut. Cooper hatte einen Kriegsreporter gespielt, der mit einem Trupp völlig durchgeknallter und richtig bösartiger Söldner unterwegs gewesen und mitten im Dschungel auf die Liebe seines Lebens getroffen war. Ein ziemlich bewegender Film, denn am Ende starben sie beide.

»Keine Ahnung, ob er mal in den Ort kommt, aber Daniel ist am Durchdrehen. Steve muss morgen früh Champagner und frische Austern einfliegen. Und Paul, sein Koch, ist am Durchdrehen, weil Daniel ständig das Menü ändert. Mindestens zehnmal am Tag.« Jack fuhr sich durchs Haar. Manchmal wünschte er sich wirklich, dieses UFO nie gebaut zu haben. Jetzt war er laut Daniel der Einzige, dem er hier vertrauen konnte, und ständig mit Kinderkram beschäftigt. »Heute wollte er am Gletscher meditieren. Weil er die Energie der letzten Eiszeit inhalieren wollte.«

Angel lachte sich schief. Hin und wieder erschien Daniel sogar in der Bar. Immer musste Li, sein persönlicher Assistent, ihn fahren und begleiten, und jedes Mal wieder regte er sich über die Auswahl an Songs in der blitzblauen Jukebox auf. Das Argument, dass Angel auch eine Bluetooth-Box besaß, die er mit seinem Handy verbinden konnte, ließ er nicht gelten, weil er ja nicht wegen des technischen Fortschritts hier wäre, sondern wegen der Ursprünglichkeit. Für die technische Inspiration hätte er schließlich sein Haus in Palo Alto.

»Ich liebe diese Geschichten. Du musst mir morgen unbedingt erzählen, wie Cooper Preston ist.«

Jack trank sein Glas leer. »Ich hoffe, vernünftiger als Daniel, und noch mehr hoffe ich, die beiden können sich miteinander beschäftigen und schicken mir nicht andauernd irgendwelche Notfallnachrichten. Ich hab ja auch echte Arbeit zu erledigen.«

Besänftigend legte Angel den Arm kurz auf seinen. »Ich weiß. Die Baustelle drüben in Almonds ist ziemlich groß.«

»Ja. Und genau dort sollte ich sein und mich nicht mit diesem Quälgeist herumschlagen.« Beide wussten, Jack tat es für den Ort. Alle hier waren stolz darauf, dass ein weltberühmter Regisseur sein Ferienhaus in Moose Creek hatte. Daniels Geschichten waren für die meisten unterhaltsamer als alles, was in der monatlichen Dorfzeitung zu lesen stand. »Ich muss jetzt.«

Jack bezahlte sein Bier und deutete noch einmal auf die schlafende Hannah. »Sag ihr, pünktlich um zehn Uhr starten wir los. Deine Mutter hat mich heute schon dreimal angerufen, nur um sicherzugehen, dass die Schlittenfahrt stattfindet.«

Und Jack hätte gute Lust gehabt, die Sache abzublasen, aber er kannte Dana. Und die seine Mutter. Am Ende würde seine Verteidigung, warum er mit Hannah nicht ausgefahren war, mehr Zeit kosten als die Schlittenfahrt selbst. Und wenn er eines in den nächsten Tagen nicht hatte, dann war es Zeit für Diskussionen.

»Ich weiß, Jack.« Angel verstand ihn, das wusste er. Sie kannte die beiden Frauen genauso gut wie er selbst. »Mom will, dass Hannahs Urlaub unvergesslich wird.«

»Das wird er. So oder so«, brummte Jack und trat in die eisige Kälte der Nacht hinaus. Und damit sollte er recht behalten, aber aus völlig anderen Gründen als gedacht.

4

In dem Moment, als Hannah »Wahnsinn!« schrie, waren alle dramatischen Szenen des frühen Vormittags vergessen. Ausgeblendet. Wie der Kampf, dass sie ihre eigenen Klamotten anziehen durfte, den sie gegen Angel verloren hatte. Und zwar gleich nachdem Hannah sich ihren Nacken bei einer Tasse Kaffee so lange massiert hatte, bis die Schmerzen der unbequemen Couch vergessen waren, weil stattdessen eine Ladung Pancakes auf ihrem Schoß gelandet war. Angel war über ihre Tasche gestolpert, die dummerweise dunkelbraun wie der Holzboden war. Doch das war nur der Beginn gewesen.

Jack und Cole waren pünktlich um zehn Uhr in der Bar aufgetaucht. Obwohl Hannah sich wortwörtlich mit Händen und Füßen gegen die Schlittenfahrt gewehrt hatte, war sie doch auf dem Hundeschlitten geendet, denn bei Jack war eine Sicherung durchgebrannt. Er hatte Hannah geschultert und erst auf dem Schlitten wieder abgesetzt.

Doch all das war nun wie weggeblasen, wie auch die Dunkelheit der Nacht. Nun schien die Sonne, und Hannah war dem Rausch der Geschwindigkeit, der Freude der Huskys an der Bewegung und der atemberaubenden Kulisse erlegen.

»Ich liebe es«, schrie Hannah in die Bäume hinein, zwischen denen sie gerade dahinzischten.

Jack grinste nur. Aber das konnte Hannah nicht sehen, denn er stand hinter ihr auf den Kufen. Sie dagegen saß auf einer Art großer Metallschaufel, eingepackt in einen Schlafsack, und hätte nie im Leben gedacht, dass diese Fahrt sie dermaßen begeistern könnte. Cole fuhr direkt hinter ihnen, aber ohne Passagier.

Auf dem schmalen Weg zwischen den Nadelbäumen öffnete sich eine Lichtung vor ihnen. Jack rief »Gee!«, und das Gespann bog nach rechts ab. Dann steuerten die Hunde direkt auf den völlig vereisten See zu, der als solches gar nicht zu erkennen war, da er einerseits mit frischem Schnee bedeckt und andererseits bereits gespurt war. Mühelos glitten die acht Hunde über die ebene Schneefläche hinweg, die von felsigen Bergen umrahmt war, und hielten erst nach Jacks »Whoa!« bei einer Hütte aus Holz und Stein an.

Hannah war schlichtweg fasziniert. Nicht nur von der spektakulären Landschaft, sondern auch davon, dass diese Huskys nicht über Zügel geführt wurden wie Pferdeschlitten, sondern rein über Befehle.

Cole und Jack beruhigten die Hunde, und Hannah wand sich aus dem Schlafsack, um die süßen Vierbeiner mit den strahlend blauen Augen zu streicheln. Mit geröteten Wangen dankte sie Jack und Cole. »Das war so unglaublich! Wenn ich gewusst hätte, was für ein Erlebnis das ist, hätte ich mich heute früh nicht so blöd benommen. Tut mir echt leid.«

»Schon gut«, erklärten ihr die beiden Männer, und Jack fuhr fort: »Aber schreib dir ins Stammbuch: ›Jack nicht wieder treten.‹«

Hannah wurde rot. »Ja, tut mir leid, Jack. Ich schwöre, ich trete nicht mehr, wenn du mich nie wieder einfach hochhebst und davonschleppst.«

»Okay, von mir aus.« Er grinste sie an, und immer, wenn

er sie so durchdringend anblickte, kribbelte ihr Bauch ein klein wenig.

Doch darüber wollte Hannah erst gar nicht nachdenken, denn sie war so begeistert, dass sie alles über Hundeschlittenfahrten und die Hunde selbst wissen wollte. Cole erklärte ihr, dass ihr Gespann ein Team aus Alaskan Huskys, Siberian Huskys und Alaskan Malamuts war, da jede dieser Hundearten über unterschiedliche Eigenschaften verfügte. Außerdem erfuhr sie von Cole einiges über die Geschichte der Hundeschlitten, die sich über tausend Jahre erstreckte. Doch dann musste Hannah mal aufs Klo.

»Äh, Frage: Habt ihr einen Schlüssel für die Hütte?«

Jack schüttelte den Kopf und atmete hörbar laut aus.

»Was? Und wo soll ich dann hin, wenn ich mal muss?« Hannahs euphorische Stimmung war dahin. Die Büsche und kleineren Bäume direkt an der Hütte waren tief verschneit. Sie würde vermutlich total im Schnee versinken, sollte sie auch nur versuchen, sich hinter ihnen vor den Männern zu verstecken. Aber sie wollte nicht wie die dämliche Stadtzicke dastehen. »Okay. Dann versuch ich es mal hinter diesem Baum.«

Sie zeigte auf den größten und sah, wie Cole und Jack einander einen amüsierten Blick schickten.

»Verstehe. Dann nicht hinter diesem Baum. Könnte mir vielleicht einer von euch verraten, was ihr in so einem Fall tun würdet?«

»Ich würde das WC in der Hütte benutzen«, erklärte ihr Cole trocken.

»Danke, aber auch! Dann gibt es also doch einen Schlüssel, was, Jack?!«

»Nein. Sie ist nie abgesperrt.« Jacks Augen funkelten vor Lachen, und er öffnete einfach die rot gestrichene Holztür.

Wenigstens hatte Hannah die Fahrt sichtlich gefallen, damit war er bei Dana aus dem Schneider. Reichte schon, dass Daniel ihm um fünf Uhr morgens getextet hatte, dass er Cooper mit dem Hundeschlitten abholen sollte. Daniel wollte es ›so authentisch wie möglich‹, daher lehnte er das Ski-Doo, welches Jack ihm hatte schicken wollen, natürlich ab. Diese Kommunikation allein hatte den Tag für Jack bereits vor seinem Start versaut, auch wenn er all das für einen Moment vergaß.

Hannah sah Jack im Inneren der Hütte verschwinden und lief ihm sofort nach. »Wow!«

Sie blieb völlig geflasht stehen. So hatte sie sich eine Hütte in der Mitte von Nirgendwo sicher nicht vorgestellt. Eine total moderne, schwarze Ledergarnitur thronte vor einem offenen Kamin mit dicker Glasfront. Alles war in hellgrauem Holz gestaltet, aber außer einer schlichten, extrem langen Anrichte auf einer Seite, über der ein buntes modernes Bild hing, war nichts zu sehen, das auf den Eigentümer hinwies.

Jack deutete auf eine der beiden grauen Türen. »Hier entlang.«

»Danke.« Hannah ging an ihm vorbei und öffnete bereits ihren Anorak, da es in der Hütte ziemlich warm war. Für Konversation hatte sie jetzt keine Zeit mehr, aber sie war nicht minder vom eleganten Badezimmer beeindruckt.

Während sie sich, so schnell sie konnte, aus ihren verschiedenen Schichten an Kleidung schälte, hörte sie einen Helikopter. Aber durch das schmale Fenster sah sie bloß auf ein paar der Bäume. *Was soll denn der Hubschrauber hier?*

Erleichtert und ziemlich neugierig geworden, kam sie ins Wohnzimmer zurück, den Anorak, die Mütze und die Handschuhe trug sie unter dem Arm. Allerdings nur kurz.

Mitten im Raum stand nicht nur Jack, sondern der Mann, wegen dem sie hier war. Der Mann, in den sie sich über beide Ohren verliebt hatte, als sie ihm das erste Mal persönlich gegenübergestanden hatte. Der Mann, dessen meerblaue Augen ihr hunderte Male amüsiert aus dem YouTube-Video entgegengestarrt hatten. Der Mann, wegen dem sie zum Meme wurde, das viral ging.

Diese eine letzte Szene zwischen ihnen spulte sich wieder wie ein heranrollender Tsunami in ihrem Kopf ab: Sie schritt mit dem Mikrophon in der Hand auf die Bühne. Begrüßte das Publikum und die Vertreter der Presse. Nach dem Applaus hieß sie ihn mit den Worten ›Und nun begrüßen Sie mit mir den Gewinner des diesjährigen Filmpreises in der Kategorie *bester Hauptdarsteller*, direkt aus Hollywood angereist, Cooper Preston.‹ Sie war ihm zwei, drei Schritte entgegengegangen, als ihr Stöckel sich zwischen zwei Dielen des Bühnenbodens verfangen hatte. Hannah hatte den Halt verloren, war nach vorn gekippt und hatte bereits im Fallen ihren Arm reflexartig nach ihm ausgestreckt, um sich irgendwo festzuhalten. Was ihr auch kurz gelungen war, bloß dass sie ihm genau in den Schritt gegriffen hatte, worauf er kurz aufgeschrieen hatte, weggesprungen war und gleichzeitig schützend beide Hände auf sein bestes Stück gelegt hatte, während sie hart auf den Boden gedonnert war. Alles auf Film dokumentiert. Als Meme für die Ewigkeit festgehalten. Speziell der Moment, als sie Halt gesucht hatte. Den gab es in Zeitlupe, wie auch zum Schluss seinen amüsierten Blick auf sie, die noch am Boden lag. Das Video war einfach zu finden und als *Penis-Gate* berühmt geworden.

Dass sie aufgestanden war, sich mit hochrotem Kopf bei ihm entschuldigt hatte, aber dann einfach von der Bühne gelaufen war. All das war jetzt wieder da. Hannah wollte am liebsten vom Erdboden verschluckt werden. Wegen dieses Videos, wegen ihm war sie hier. Hatte gehofft, dass die Menschen hier Besseres zu tun hatten, als sich Memes anzusehen, und im besten Fall, dass es keine Internetverbindung gab, was für die letzten drei Tage auch gestimmt hatte.

Hannahs Gedanken drehten sich immer schneller. Was tat er hier? Wie konnte das denn sein? Wie viel Pech konnte sie haben?

Ohne dass Hannah es bewusst war, glitt ihr Anorak samt allem anderen zu Boden. Das Rot ihrer Wangen wich einem ungesunden Grauton. Jack bemerkte, dass irgendetwas nicht stimmte.

»Ist dir schlecht?«

Kraftlos, mit pochendem Herzen und leeren Augen schüttelte Hannah den Kopf.

»Okay, gut. Das ist übrigens Cooper, und Cooper, das ist Hannah.«

Erst in diesem Moment machte es Klick bei Cooper, und sein Herz schlug schneller. Mit den wilden Locken, die teilweise ziemlich ungeordnet in alle Richtungen standen, hatte er sie zuerst gar nicht erkannt. Nicht in seinen kühnsten Träumen hätte er sich ausgemalt, ihr ausgerechnet hier, mitten in Alaska, wieder gegenüberzustehen. Aus Hannahs seltsamen Reaktion auf ihn hatte er zunächst fälschlich geschlossen, dass sie einer seiner Fans war, auch wenn ihm ihr Gesicht sofort vertraut erschienen war.

Nun aber fügten sich die Puzzleteile ineinander, und er ging auf Hannah zu und umarmte sie. »Hannah! Das ist ja eine Überraschung! Schön, dich wiederzusehen.«

Sie starrte ihn stocksteif an. War er ganz dicht? Mit ihrer Tollpatschigkeit hatte sie nicht nur sich selbst, sondern auch Cooper Preston zum Gespött der Social-Media-Welt gemacht. Einige der Hashtags und Überschriften waren so derb, dass Hannah sie nicht einmal in Gedanken wiederholen wollte. Er *konnte* sich doch gar nicht darüber freuen, sie hier am Ende der Welt zufällig zu treffen.

Cooper war irritiert, denn er hatte das Gefühl, ein Brett in den Armen zu halten, und das noch dazu zu lange. Daher trat er zurück. »Hey, wie gehts dir?«

Hannah atmete tief durch. »Beschissen. Es tut mir leid.«

Jack, der sich nun überhaupt nicht mehr auskannte, was sich gerade vor seinen Augen abspielte, sammelte ihre Kleidungsstücke vom Boden auf und hielt sie Hannah hin. »Okay, ihr kennt euch. Kann mich bitte einer aufklären, was hier los ist?«

Tränen stiegen in Hannah auf, und sie lief mit ihren Kleidungsstücken in den Händen einfach nach draußen. Erst jetzt begriff Cooper, dass Hannah die Sache mit dem Meme wohl anders sah als er.

Klar war es nicht angenehm gewesen, als Hannah ihm kurz seine Hoden und sein bestes Stück gequetscht hatte, aber das Video war köstlich. Die Millionen an Views waren zusätzliche Publicity für seinen neuen Film, der ein Blockbuster war. Außerdem war ja nichts passiert. Sie hatte sich nichts gebrochen, und er hatte den stechenden Schmerz nach ein paar Sekunden auch wieder vergessen.

Jack wartete erst gar nicht ab, was Cooper ihm antworten würde, denn er rannte Hannah nach. »Bleib stehen und zieh dir den Anorak über!«

Cole, der die Hunde draußen versorgte, beobachtete verdutzt das Schauspiel. Wieso rannte Hannah jetzt auf den See hinaus? Ohne Schutz? Aber er wollte die Huskys nicht loslassen.

Hannah lief einfach. Alles um sie herum war verschwommen. Sie fühlte die Kälte nicht. Nur Scham. Beinahe hatte sie vergessen, warum sie sich ausgerechnet Alaska für ihren Urlaub ausgesucht hatte, doch nun war alles wieder da und noch schlimmer als zuhause.

Jack holte sie ein und hielt sie fest.

»Lass mich!«, schrie sie ihn an.

Aber er zog sie einfach an sich und strich ihr über den Kopf. »Hör mal, was immer da zwischen euch war, ich denke nicht, dass die Sache es wert ist, dass du hier erfrierst.

Abgesehen davon würde Dana mich dafür umbringen, und ich hänge an meinem Leben.«

Nun schluchzte Hannah und gab ihren Widerstand auf. Sie ließ es geschehen, dass Jack ihr den Anorak umlegte, den Reißverschluss zumachte, ihr Mütze und die Handschuhe überzog. Gerade als er fertig war, erreichte Cooper die beiden.

Er gab Jack ein Zeichen und zog Hannah nun in seine Arme. Seit Wien hatte er an diese Frau gedacht, aber nicht wegen ihres Sturzes auf der Bühne. Drei Tage lang hatte sie sich um ihn gekümmert, und er hatte jede Minute mit ihr genossen. Hannah war witzig, konnte über sich selbst lachen, und jedes Mal, wenn sie ihn aus ihren grünen Augen angesehen hatte, war ihm warm ums Herz geworden. Es tat Cooper unendlich leid, dass sie den Hype um das kleine Missgeschick ganz offensichtlich nicht verdaut hatte, und noch mehr, dass er sie nicht, wie ausgemacht, auf ein Date in Wien hatte ausführen können.

Erst ließ Hannah es geschehen, dass Cooper sie in die Arme nahm. Doch dann war da wieder dieser Reflex, dass sie einfach nur wegwollte.

»Lass mich los«, fauchte sie ihn an.

»Oh, nein. Ich denke, wir müssen diese Sache kurz besprechen.«

»Da gibt es nichts zu besprechen«, erwiderte Hannah schroff und versuchte sich aus seinen Armen zu winden, doch Cooper war stärker.

Jack wurde die ganz Situation zu viel. Er rieb sich die Stirn, während er die beiden beobachtete. Ganz offensichtlich waren Cooper und Hannah mal ein Paar gewesen. Daher war er kurz unschlüssig, ob er sich nun einmischen sollte oder nicht, andererseits drängte die Zeit. Er hatte keinen Bock darauf, ewig hier herumzustehen, denn er musste noch auf eine seiner Baustellen.

»So. Jetzt sag ich euch etwas: Wir müssen los, und mir ist es egal, was ihr aufzulösen habt. Cole und ich müssen in zwei Stunden wieder in Moose Creek sein.« Hannah sah ihn überrascht an, denn er hatte sie soeben zurück in die Wirklichkeit katapultiert, und in derselben Sekunde war ihr eiskalt. »Also: Wir gehen jetzt rüber zu den Hunden, bringen Cooper zu Daniels Lodge und dich, Hannah, gleich danach zu Dana. So. Und jetzt fahren wir, und zwar auf der Stelle.«

Jack stapfte los in Richtung der Hütte und der Hunde. Cooper und Hannah sahen einander kurz tief in die Augen. Sofort schaute sie weg und wischte mit dem Handrücken über ihre Tränen.

»Er hat recht. Komm«, meinte Cooper sanft.

Hannah nickte und marschierte, ohne ihn eines weiteren Blickes zu würdigen, ebenfalls zur Hütte zurück. Kopfschüttelnd folgte Cooper ihr. So hatte er sich seine Ankunft in Alaska nicht vorgestellt. Und noch weniger, dass er Hannah auf diese Weise wiedersah.

Eine gute Viertelstunde später erreichten sie Daniels UFO, und er kam ihnen auch schon entgegen. Hannah erkannte ihn sofort. Sein von zu viel Sonne und Alkohol gegerbtes und faltiges Gesicht war unverkennbar. Wie auch sein bereits etwas schütteres blondes Haar und die schmale Figur.

»Nicht den auch noch«, murmelte sie, doch Jack, der ihr gerade die Hand reichte, damit sie aufstehen konnte, hatte es gehört.

»Jetzt sag nicht, du kennst auch Daniel?«

»Nein, nicht persönlich. Bloß seine Arbeit.«

»Gut. Wir halten das hier kurz.«

Hannah nickte, wickelte sich aus dem Schlafsack und begann die Hunde, die gerade Schnee fraßen, zu streicheln. Sie hatte nicht vor, sich Daniel vorzustellen, der zum Glück mit Cooper beschäftigt war. Außerdem war sie vom Anblick der Lodge, wie Jack sie genannt hatte, völlig überwältigt, und es lenkte ab. Sie musterte das Haus in allen Einzelheiten, ohne sich auch nur eine davon bewusst zu merken. Dabei war das Gebäude unglaublich. Ein runder Holzbau mit zwei Etagen, komplett mit Glaselementen eingefasst. Auf der Seite, auf der sie nun mit den Hunden standen, war ein Torteneck herausgeschnitten und bildete die halbrunde Terrasse mit einem großen Kamin und einem Jacuzzi, den Hannah jedoch nicht sehen konnte. Umrahmt war das Gebäude von kleineren Bäumen und Wegen, die mit Stein ausgelegt und vom Schnee freigeräumt waren.

Aber all das erfasste Hannah nicht wirklich, denn nach wie vor dachte sie über ihr persönliches Cooper-Gate und das Wiedersehen mit ihm nach. Sie wusste nur, wie schon in Wien, Cooper brachte sie aus der Fassung. Das war auch der Grund gewesen, warum sie auf der Bühne gestolpert war. Er war in ihre Richtung gegangen und hatte sie viel zu lange angesehen. Ihr Herz hatte ausgesetzt und mit ihm offensichtlich auch ihr Hirn. Sie hasste es jetzt noch.

Während Hannah ihren düsteren Gedanken nachhing und etwas abwesend die Hunde streichelte, küssten die beiden Männer einander auf die Wangen und umarmten sich eine Weile innig. Daniel lachte immer wieder schrill auf und war happy, dass mit Coopers Anreise alles geklappt hatte.

»Und? Haben dir der Hubschrauberflug und die Schlittenfahrt gefallen?«

»Absolut! Es war spektakulär.« Cooper, der Daniel schon ewig kannte, grinste. »Das hast du toll organisiert. Vielen Dank, mein Freund. Es war atemberaubend schön.«

Die beiden Männer hatten schon einige Filme gemeinsam gemacht, und nun stand der nächste an. Deshalb waren sie hier. Daniels Drehbuch hatte Cooper bereits gelesen, in den kommenden Tagen wollten sie ungestört über die Umsetzung sprechen.

»Das war auch der Plan! So. Und wo ist jetzt Li?«

Hannah horchte auf und sah bereits einen eindeutig asiatischstämmigen jungen Mann in Jeans und dunkelblauem Daunenmantel, den er zu seinen cognacfarbenen Uggs trug, die leicht gewendelte Holztreppe herunterkommen. In der Hand trug er ein großes Tablett.

»Da bist du ja, Li. Wunderbar! Danke. Jetzt gibt es einen Willkommenstrunk, einen europäischen Glühwein.« Daniel schnappte sich eines der doppelwandigen Gläser, die richtig dampften. »Passt ja perfekt zu unserem Gast. Hannah, kommst du mal her?«

Ihr Herz fiel in die Hose. Wieso wusste er, woher sie kam und wie sie hieß?

Mitspielen. Einfach mitspielen, dann geht auch das hier irgendwann zu Ende, ermahnte sie sich, streichelte noch einmal über den Kopf des weißen Hundes und ging hinüber zu Daniel.

»Freut mich, Sie kennenzulernen, Mister Lassenger.«

Er sah sich amüsiert zu den anderen um. »Mister Lassenger, Mister Lassenger«, äffte Daniel sie kurz nach. »Hannah, wir sind hier in Alaska, und du willst mich auch nicht älter machen, als ich bin, oder?«

Hannah blickte zu Boden. »Nein, nein. Ganz bestimmt nicht.«

»Also gut, dann Daniel. So. Hier ist dein Glühwein. Ein Cheers auf diesen herrlichen Tag, auf die Ankunft von Cooper und auf die Muse, die uns in den kommenden Tagen küssen wird.«

Auf das allgemeine »Cheers« tranken sowohl Daniel wie auch Hannah einen kräftigen Schluck von dem heißen Wein, der durch die Gewürze richtig gut schmeckte und wie Öl hinunterging.

Noch bevor alle anderen austrinken konnte, sammelte Li die Gläser wieder ein. Doch da er ein überzähliges volles Glas auf seinem Tablett stehen hatte, tauschte Hannah ihr leeres schnell dagegen aus und trank es, so zügig dies schluckweise eben möglich war, denn heiß war der Glühwein ja noch immer. Dann stellte sie es Li aufs Tablett, der sie mit großen Augen angesehen hatte und bewundernd »Hui, da war aber jemand durstig« anmerkte.

»Ja, sehr«, erwiderte Hannah und ging nach hinten zu einem der Bäume, um etwas abseits von den anderen ihre Ruhe zu haben.

»Nachdem alle ausgetrunken haben«, Daniel blickte zwinkernd zu Hannah hinüber, »darf ich euch nach oben bitten, denn dort wartet ein kleiner Lunch auf uns, den Paul für uns gezaubert hat.«

Das habe ich befürchtet, dachte Jack, der auf die Uhr sah. Von hier aus war es zum Glück nur mehr eine knappe halbe Stunde durch den Wald zurück in den Ort oder aber zehn Minuten, wenn sie die Straße nahmen.

»Danke, Daniel. Aber in spätestens einer Stunde müssen wir aufbrechen.« Und zwar ohne zu trödeln.

»Ich habe auch fünf Gästezimmer.« Daniel grinste Jack schelmisch an. »Also müssen wir nicht auf die Uhr sehen.«

»Weiß ich, ich hab das Haus ja gebaut, aber du hast keine Unterkunft für die Hunde.«

Daniel klopfte Jack, der um ein ganzes Stück größer war als er, auf die Schulter. »Warum bist du eigentlich immer so ein Spielverderber?« Seine Augen blitzten Jack an. »Und so verdammt vernünftig? Wie oft hab ich dir schon gesagt, du musst mal lernen, was Spaß ist?«

»Das weiß ich zu schätzen, Daniel, aber ich habe genug Spaß in meinem Leben«, erwiderte Jack grinsend.

Er kannte diese Art von Unterhaltung mit Daniel und

hatte gelernt, dass er hart bleiben musste. Daniel war vereinnahmend, speziell wenn ihm hier langweilig war. Immer brauchte er ›Company‹, wie Daniel es ausdrückte, und jeden Tag wieder ein prickelndes Programm. Und in Daniels Augen war niemand geeigneter, ihm dieses aufzustellen, als Jack.

Völlig unbeteiligt an diesem Gespräch lehnte Cooper an einem Baumstamm und betrachtete gedankenversunken das Haus. Es war Legende in Hollywood und zigmal in diversen Zeitschriften abgebildet gewesen, aber nun, da er selbst davorstand, fand er es gar nicht so lächerlich, wie er immer gedacht hatte. Im Grunde war es ein innovativer, runder Holzbau und sah durch die Solarpaneele auf dem Dach, die Glasfronten, die um das komplette Gebäude gingen, und seine runde Form recht spacig und wirklich wie eine fliegende Untertasse aus, die mitten im Wald gelandet war.

Doch mehr als für das *Earthship Dee One* – das D stand für Daniel – interessierte Cooper sich nach wie vor für Hannah. Er hatte sie verstohlen dabei beobachtet, wie sie ein zweites Glas hinuntergeschüttet hatte. Im schwarzen schulterfreien Abendkleid, mit hochgestecktem Haar und perfektem Make-up hatte sie bei der Gala einfach hinreißend ausgesehen. Und auch tags darauf, bei der letzten Podiumsdiskussion hatte ihr das schwarze Cocktailkleid unheimlich gut gestanden. Aber auch jetzt fühlte er sich zu Hannah hingezogen. Sie war einfach eine Naturschönheit. Und ihre leicht geröteten Wangen wirkten auf ihn nicht weniger sexy als der rote Lippenstift in Wien. Daran konnte der schlabbrige Anorak, der ihre schlanke Figur verbarg, auch nichts ändern. *Es sind ihre großen, klaren Smaragd-Augen und ihr voller Mund*, dachte er. *Überhaupt sieht sie wie ein Model aus und scheint es nicht zu wissen.* Wenn dem so war, dann war sie rar wie ein reiner, roter Diamant. Doch das hatte er schon in Wien gewusst.

»Cooper, hast du das gehört? Jack behauptet, er hätte Spaß am Leben, dabei ist Jack nur am Arbeiten.«

Cooper zuckte unmerklich zusammen. »Tja, niemand hat so viel Spaß am Leben wie du, Daniel.«

»Bloß weil ich weiß, was Frauen wollen?« Daniel hatte nie geheiratet, denn sich auf eine Frau festzulegen, lag nicht in seiner DNA, wie er selbst immer sagte. »Entschuldige, aber dir rennen sie doch auch die Hoteltüren ein.« Daniel ging den Steinweg entlang, der in einem leichten Schwung nach oben zum Haus führte, und bedeutete ihnen, ihm zu folgen.

Mit seiner Bemerkung hatte Daniel recht. Aber genau davon hatte Cooper genug. Das letzte Mal war er in Paris – vielleicht war es auch Tokio oder Mailand gewesen – neben einer Frau aufgewacht, die nicht nur aussah wie ein Zombie, sondern auch so zugedröhnt war und nicht einmal bemerkt hatte, wie sie sich vor ihm ins Höschen gepinkelt hatte. Er hatte die Schnauze voll von Frauen, die eine Nacht mit ihm als Trophäe sahen, und auch von denen, die auf eine millionenschwere Scheidung hofften und, ohne mit der Wimper zu zucken, in der Lage waren, ihm Liebe vorzuheucheln, bis der Geldregen kam. Zum Glück hatte er seine letzte offizielle Freundin Tahoma nach drei Wochen verlassen, was diese bis heute nicht wahrhaben wollte. Nein, von diesen Frauen brauchte er keine mehr. Er war Zeit für etwas Neues. Für jemanden wie Hannah.

Da er nun ins Haus trat, schob er seine Gedanken beiseite und wartete stattdessen auf Hannah, die als Letzte in die geräumige Vorhalle kam, aber ihn keines Blickes würdigte.

Daniel lotste seine Gäste in den großen, nach allen Seiten hin offenen Raum, der als Wohnzimmer fungierte. In der Mitte des Bauwerks prangte eine massive Wendeltreppe aus

Holz, die ins obere Stockwerk führte, und im Wohnbereich war eine U-förmige Ledergarnitur so ausgerichtet, dass man den Ausblick auf den kleinen See davor genießen konnte. *Die Palmen in Töpfen passen nicht ganz hierher, aber das ist typisch Daniel*, dachte Cooper.

Paul hatte warme und kalte Snacks vorbereitet, die auf der Theke der Bar standen, direkt neben der Treppe. Cooper schlüpfte aus seinem Anorak und setzte sich auf einen der Hocker. Leider ging Hannah an ihm vorbei und blieb auf der Seite vor dem offenen Kamin stehen.

Dummerweise war Daniel mit ihrem Gespräch noch nicht fertig. Er hockte sich zu ihm und wollte wissen: »Wie läuft es denn aktuell so? Du hättest ja ruhig ein Schnuckelchen zum Zeitvertreib für mich, natürlich auch eine für dich selbst, mitbringen können, Cooper.«

Cooper sah ihn etwas genervt an. »Ich sag dir mal was, Daniel. Mittlerweile halte ich es mit Hunter Thompson: ›Sex ohne Liebe ist so hohl und lächerlich wie Liebe ohne Sex.‹ Der Mann war ein Prophet.«

»Hunter? Also ich bitte dich, ich bin der lebende Gegenbeweis.«

»Der Gegenbeweis wofür? Du bist maximal der Beweis dafür, dass alte Männer gerne freiwillig für Sex mit jungen Frauen zahlen, nur um sich einzubilden, dass es Liebe ist.«

Wäre Cooper nicht das Genie, mit dem Daniel seit Jahren arbeitete und das er geradezu abgöttisch verehrte, ginge die Diskussion jetzt in eine eher dunklere Richtung. So aber riss Daniel sich zusammen. »Hör mal, erstens bin ich nicht alt, und zweitens sehe ich nicht nur verdammt gut aus, sondern bin eine Granate im Bett. Frag mal Ayleen, sie heult mir heute noch nach.«

»Klar.« Cooper grinste. Ayleen war eine C-Movie-Darstellerin, die mittlerweile mit einem B-Movie-Regisseur verheiratet war. Ein Schelm, der dahinter ein Muster erkannte.

Jack und Cole sahen einander etwas verloren an. Aus unterschiedlichen Gründen war jeder von ihnen peinlich von dem Gesprächsthema berührt. Hannah hörte gar nicht zu, weil sie wieder gedanklich bei dem Katastrophen-Video gelandet war. Doch Jack rechnete gerade nach, wann er überhaupt das letzte Mal Sex gehabt hatte. Dreizehn Monate waren eindeutig zu lange, wie er sich selbst eingestehen musste. Cole, der grundsätzlich nicht viel Erfahrung mit Frauen hatte, wollte überhaupt nicht über das Thema reden und griff daher bei den Häppchen mit Lachs zu.

Jack nahm sich ebenfalls ein paar Maki mit frischem Lachs auf seinen Teller und setzte sich damit auf die Couch. Cole etwas später direkt neben ihn. Er hasste es, wenn er Smalltalk betreiben musste. Das war nicht seine Welt, und wenn es nach ihm ginge, dann konnte Daniel mitsamt seinem UFO abheben und es nach Kalifornien oder sonst wohin befördern. Menschen wie Daniel waren eine Plage. Hatten kein Gewissen gegenüber der Natur und den Menschen, und daher musste Cole sich auch zusammenreißen, ihm nicht einen Vortrag über das wahre Leben zu halten. Also aß er. Cole hatte sich mittlerweile für eine Auswahl an Mini-Burgern mit Chips entschieden.

Hannah setzte sich bloß mit einem Glas in der Hand, aber ohne einen Teller neben die beiden. Verloren beim offenen Kamin herumzustehen, war auch keine Lösung. Außerdem hatte Li eine Flasche Champagner geöffnet, die reichte völlig, um diesen Lunch zu überstehen.

Doch dann erhob Cooper sich von seinem Barhocker, kam lächelnd direkt auf sie zu und ließ sich neben Hannah ins Sofa fallen. »Und? Wie siehst du die Sache mit dem Sex?«

Sie hob die Hand und sah weg. »Nicht! Erwähne dieses Thema nie mehr in meiner Nähe, ja?«

»Okay, okay. Aber ehrlich, so schlimm war das Video nicht, und so was darf man nicht ernst nehmen.«

Hannah wurde schlecht. Wieder waren sie bei dem dämlichen Video gelandet, und sie presste ein »Lass es! Bitte!« heraus.

Aus welchen Gründen auch immer stieg in Jack dieses bohrende Gefühl von Eifersucht auf. Hatten die beiden nun etwas miteinander gehabt oder nicht? Hannah schien jedenfalls kein Interesse an Cooper zu haben, aber was es auch gewesen war, er würde es herausfinden.

»Nur mal eine Frage: Wo habt ihr beide euch denn kennengelernt?« Es war nicht *nur mal* eine Frage, es war eine überaus essentielle Frage, wie auch alle weiteren, die in seinem Kopf auf Antworten warteten.

Wider jede Vernunft hielt Hannah ihr leeres Glas in die Höhe, und Li schoss sofort mit der Flasche auf sie zu, um nachzuschenken.

»In Wien. Hannah hat eine Preisverleihung organisiert, und da ich der Stargast war, musste sie mich tagelang bespaßen.« Hannah schickte Cooper einen bösen Blick. So lustig, wie er tat, war das für sie nicht gewesen. Selbst ohne ihren Fauxpas am Schluss. Er zwinkerte ihr zu und setzte nach: »Seitdem bin ich ganz verliebt in diese Stadt.«

Anscheinend nicht nur in die Stadt, dachte Jack genervt.

»Du hast schon wieder einen Preis abgeräumt? Welchen denn?«, mischte sich nun Daniel ins Gespräch ein, der sich offensichtlich umgezogen hatte. Nun trug er einen schneeweißen Strick-Rollkragenpullover zu einer ebenso schneeweißen Jeans. Angesichts der Tatsache, dass er barfuß war, passte der Cowboyhut wie die Faust aufs Auge.

Kopfschüttelnd und schmunzelnd antwortete Cooper ihm: »Keine Ahnung. Hab ich schon wieder vergessen.«

»Verstehe. Aber klar, Oscar war es keiner. Den holen wir uns nämlich gemeinsam.«

»Mal sehen.«

Die Sache mit ihrem Griff auf seine Eier war eines, aber dass Cooper nicht einmal mehr wusste, welchen Preis er in Wien gewonnen hatte, etwas ganz anderes für Hannah. Über ein Jahr lang war sie mit der Organisation dieser Preisverleihung, der Auswahl der Juroren, den Nominierungen, der Pressearbeit und letztendlich der Abschlussgala beschäftigt gewesen, und jetzt wusste Cooper nicht einmal, dass er die *Goldene Sisi*, benannt nach Kaiserin Elisabeth, für den besten Hauptdarsteller gewonnen hatte?

Wenn der Preis für ihn so unwichtig war, hätte er ja gleich zuhause bleiben können! Hannah kochte innerlich vor Wut, und Jack fiel es auf. Schmunzelnd bestellte er bei Li ein Bier.

Daniel kam von hinten auf Cooper zu und zog seinen Kopf an seine Brust. »Nichts da, ich kann es spüren, Cooper: Diesmal bekommst du dieses kleine goldene Scheißerchen.«

»Wunderbar, halt deinen Optimismus hoch, Daniel, aber mir ist lieber, meine Fans mögen das, was ich mache.«

»Ach die! Wenn du öffentlich einen Furz lässt, bauen sie dir an der Stelle ein Denkmal hin.«

Genug ist genug, dachte sich nicht nur Hannah, sondern auch Jack. Er war jedoch einen Tick schneller mit seinem nächsten Schritt. Jack erhob sich. »Wie ich sehe, seid ihr ja direkt bei eurem Film angelangt, und da ich weiß, dass das hier eine harte Arbeitswoche für euch beide wird, lassen wir euch jetzt mal eure Privatsphäre.«

Daniel öffnete gerade den Mund und sah nicht so aus, als teilte er Jacks Meinung, doch Cole schlug sofort in dieselbe Kerbe: »Ja, und ich kann die Hunde nicht ewig vor dem Haus lassen. Danke für den Lunch, es war großartig, Daniel.«

Und Cole wusste, wovon er sprach, er hatte mit Abstand am meisten gegessen.

»Nein, das kann ich nicht zulassen. Die entzückende Hannah hat ja noch nicht einmal eine Führung durchs *Earthship* bekommen.«

»Ich weiß, aber das heben wir uns fürs nächste Mal auf«, erwiderte Hannah schnell, da sie ebenfalls bereits aufgestanden war. Natürlich würde es kein nächstes Mal geben, aber dieser Daniel war nicht der Typ, dem man das ins Gesicht sagen konnte.

Cooper, den diese plötzliche Aufbruchsstimmung etwas überrumpelt hatte, erhob sich und nahm Hannahs Hand. »Schade, denn wir müssen da noch etwas klären. Hast du morgen Abend Zeit? Es gibt hier doch sicher eine Bar oder so, wo wir uns treffen könnten?«

Wieso machte er das schon wieder? Wie in Wien. Seine eigenen Leute waren permanent um ihn herum, aber dennoch wollte er andauernd von ihr etwas gezeigt bekommen oder mit ihr durch die Stadt bummeln. Er hatte sie sogar nach der Gala auf ein Abendessen direkt gegenüber vom Stephansdom eingeladen, aber das war dann quasi ins Wasser gefallen.

Hannah war wirklich sauer. Wenn er nichts von ihr wollte – und warum sollte er das auch? –, dann sollte er sie wenigstens in Ruhe lassen. Sie war nicht seine Nanny, die ihn bespaßen musste, wenn ihm langweilig war.

»Äh, keine Sorge. Zwischen uns ist alles geklärt. Du hast ja selbst gesagt, dich kümmert das alles nicht, also kein Stress.«

»Kann mir einer von euch jetzt endlich verraten, worum es hier die ganze Zeit geht?«, mischte Jack sich forsch ein.

Und Daniel assistierte: »Ja, würde mich auch interessieren, ihr Vögelchen.«

Doch sie ernteten ein gleichzeitiges und sehr energisches »Nein« von Hannah und Cooper, das Daniel zum Lachen und Jack zum Kochen brachte.

»Gut, dann eben nicht. Wir fahren jetzt auf jeden Fall.

Vielen Dank, Daniel. Auch dass wir deine Hütte am See für den Zwischenstopp nutzen durften.«

Ah. Das war seine. Nun wunderte Hannah sich nicht mehr über die exklusive Ausstattung, die zu Daniel passte.

Die Männer verabschiedeten sich voneinander, und Hannah wollte nur mehr weg von hier. Offensichtlich löste Cooper, wann immer sie mit ihm zu tun hatte, einen Fluchtreflex in ihr aus.

Schnell bedankte Hannah sich bei Daniel, der ihr theatralisch die Hand küsste, und dann verabschiedete sie sich von Cooper, dem sie bloß etwas distanziert winkte. »Ich wünsche dir erfolgreiches Schaffen und viel Spaß noch in Alaska.«

Jack und Cole waren schon an der Glastür, die nach draußen führte. Da wollte Hannah auch hin, aber er zog sie an der Hand zurück.

Nicht! Sieh mich nicht so an! Hannah hasste es, wenn er diesen Draufgängerblick aufsetzte. Genau deshalb hatte sie in Wien andauernd Herzklopfen gehabt, war wie ein Teenager in Tagträume verfallen und auf der Bühne gestolpert. Alles wegen dieses Blickes aus seinen intensiv blauen Augen. Sie musste immun dagegen werden, und zwar schleunigst.

»Ich muss gehen«, erklärte sie ihm etwas unwirsch.

»Nicht bevor du mir nicht versprichst, dass ich dich morgen Abend treffen kann.«

»Ist nicht schwierig hier«, mischte sich Daniel ein. »Es gibt nur eine Bar.«

»Gut zu wissen. Dann morgen so gegen acht Uhr abends in dieser einen Bar?«

»Geht nicht. Morgen ist Samstag, da sind Hannah und Dana bei meiner Mutter eingeladen«, funkte Jack dazwischen, der zurückgekommen war, um Hannah von Cooper zu befreien.

»Sind wir?« Hannah war auf der Leitung gestanden und korrigierte sich sofort: »Klar. Sind wir. So gegen sechs Uhr, nicht, Jack?«

Er nickte, und Cooper hatte das verdammte Gefühl, nicht der Einzige im Raum zu sein, der Interesse an Hannah hatte. Aber er hatte überhaupt keinen Bock, gegen diesen Einheimischen im Holzfällerhemd anzutreten, und auch nicht, sich einen weiteren Korb von Hannah zu holen.

»Na dann, wir sehen uns sicher.«

»Ja, bis dann.« Und schon lief Hannah zur Tür hinaus, gefolgt von Jack.

Daniel nahm mit einem Glas Champagner in der Hand gegenüber von Cooper Platz. »Sieh einmal einer an, du stehst auf die Kleine? Schon seit Wien oder war es ihr putziger Anorak?«

»Blödsinn! Jack steht auf sie, das ist doch wohl eindeutig. Ich wollte bloß nett sein.«

»Jaja.« Daniel grinste und trank betont langsam. Dann hielt er sein Glas in die Luft und begann vor sich hinzusinnieren: »Manchmal weiß ein anderer Dinge über dich, die du selbst noch nicht weißt. Oder schlimmer noch: Er kennt des Rätsels Lösung für ein Problem, das dir noch gar nicht bewusst geworden ist!« Nun sah er Cooper tief in die Augen. »Aber du weißt ja, Gott zu spielen geht immer schlecht aus.«

»Sehr tiefsinnig. Was willst du mir damit sagen?«

»Gar nichts. Bloß, dass ich sehe, was du eventuell nicht sehen kannst.«

Nun reichte es Cooper, der ohnehin nur vier Stunden geschlafen hatte, da er mitten in der Nacht von San Francisco nach Anchorage geflogen war. Daniel hatte ihm seine Maschine geschickt, und er war noch vor Sonnenaufgang in Anchorage gelandet. Er war hundemüde.

»Dann siehst du jetzt, wie ich mich ins Bett verdrücke

und eventuell noch eine Runde im Internet surfe. Zu mehr bin ich heute nicht mehr fähig.«

»Tja, und da geht er hin. Der Stoff, aus dem die Träume Hollywoods gemacht sind. Und mit ihm die Zeit, in der Stars noch auf Drogen und Rock'n'Roll waren, statt auf vegan und Personaltrainer. Vom spirituellen Coach mal ganz schweigen.«

Cooper klopfte ihm grinsend auf die Schulter. »Bleib sachlich, Daniel.«

Dieser zog eine Augenbraue hoch und erwiderte: »Bin ich doch immer, oder etwa nicht?«

5

Gleich nachdem Hannah von der Hundeschlittenfahrt nach Hause gekommen war und eine lange, heiße Dusche genommen hatte, war sie losgestapft, um Angel alles brühwarm zu erzählen. Die Sache mit dem Video wollte sie auslassen, denn genau darum war sie ja hier und nicht irgendwo am Meer. Niemand hier googelte, niemand hier interessierte sich fürs Internet. Aber sie konnte ja von der Gala, von Cooper und seinem Preis erzählen, denn es musste einfach raus. So sehr, dass sie den Bären vergessen hatte. Er jedoch auch sie, denn sie begegneten einander nicht.

Auch entfallen war Hannah, dass es Freitagabend war. Pokerabend. Die Bar war zum Bersten voll und Angel schwer beschäftigt. Eine Zeitlang lungerte Hannah alleine bei zwei Bier an der Theke herum, aber dann gab sie auf. Von der vielen frischen Luft, keinesfalls vom Alkohol, war sie hundemüde, und von Angel hörte sie nur »Ich komme gleich«, was nie passierte, da ständig jemand etwas von ihr wollte.

Irgendwann bezahlte Hannah, und in dem Moment, als sie sich von Angel verabschieden wollte, erschien Jack in der Bar. Nun … Eines ergab das andere Bier, und am Ende tanzte sie auf dem Pooltisch. An mehr konnte Hannah sich am nächsten Morgen nicht mehr erinnern. Auch nicht, wie sie ins Bett gekommen war.

Fakt war, ihr Kopf dröhnte, und sie war unfähig, ohne eine Tasse starken Kaffee irgendetwas zu tun. Doch plötzlich erschien Dana mit einem Tablett, das sie ins Bett stellte.

»Meine Güte, Dana. Du kannst Gedanken lesen. Das ist meine Rettung.« Der Kaffee duftete herrlich, und Ham and Eggs waren genau das, was sie jetzt brauchte. Sofort nahm Hannah die heiße Tasse in beide Hände und den ersten Schluck.

Dana öffnete die gelb-weißen Blümchen-Gardinen, aber es war noch recht wolkenverhangen.

»Ich dachte mir, das Frühstück wird dir wieder auf die Beine helfen.« Dann kicherte sie wie ein Schulmädchen. »Gestern waren sie ja nicht gerade deine Freunde.«

Oh. Das war jetzt peinlich.

»War es sehr schlimm?«

»Nein, absolut nicht. Jack hat dich heraufgetragen, also kein Problem.«

Jetzt erst fiel Hannah auf, dass sie nur das rosa Oberteil ihres Flanell-Pyjamas trug. Unten rum war sie nackt! In der Sekunde stieg es ihr heiß auf. »Hat er ...?«

»Dich umgezogen?« Dana lachte. »Nein, das hätte er vielleicht gerne, aber ich habe es gemacht und ihn nach Hause geschickt. Natürlich vorher.«

»Du bist meine Lebensretterin! Mein Gott. Ich schwöre dir, so viel getrunken, und vor allem so durcheinander wie gestern, habe ich noch nie.«

Doch Dana winkte ab. »Du hast doch Urlaub, und so wie ich das verstanden habe einen stressigen Job. Also kann es mal gut sein, über die Stränge zu hauen und alles zu vergessen, weshalb du hergekommen bist.«

Knapp war Hannah daran gewesen, einfach zu nicken und ein wenig in Selbstmitleid zu baden, doch nun brach sie in Schweiß aus. Was meinte Dana mit ›weshalb du hergekommen bist‹? Wusste sie etwas?

Nein! Und wenn sie das Video gesehen hatte? Was, wenn alle im Dorf das Video gesehen hatten? Und Jack?

Sie wollte gerade die Decke über den Kopf ziehen und die nächsten acht Tage im Bett bleiben, da keimte dieser Funke voller Hoffnung in ihr. Was, wenn Dana das nur dahergesagt hatte und nichts wusste? Nämlich rein gar nichts?

»Jaaa, du hast recht. Irgendwie hat es gutgetan. Bis auf die Kopfschmerzen. Aber weißt du, ich wollte einfach mal etwas anderes als das Übliche im Urlaub erleben. Und so eine Schlittenfahrt hätte ich ja nirgendwo anders –«

Dana tätschelte ihre Hand und unterbrach sie. »Keine Sorge, ich verstehe das. Ich habe das Video gesehen.«

Hannahs Herz setzte aus, und ihre Augen waren tellergroß aufgerissen. »Oh! Hast du?«

Doch acht Tage Bett.

»Ja. Hab ich.« Dana grinste, und ihre gut gefüllten Backen spannten sich. »Aber unter uns: Wenn ich könnte, würde ich Cooper Preston auch genau dorthin greifen, und zwar ohne zu stolpern.«

Jetzt war es zu spät, sich unter der Decke zu verstecken, außerdem begann Hannahs Perspektive sich zu verändern. »Findest du das Video nicht superpeinlich? Am liebsten hätte ich mich auf dem Mond verkrochen, aber die Flüge waren ausgebucht.«

»Kindchen, ich mag deinen Humor. Und ja, ich mag dieses Video, und die Leute ebenfalls. Hat Millionen an Aufrufen!«

Doch die Decke!

Kurz versteckte Hannah sich, um zu überlegen. Wenn Dana es wusste, dann wusste es auch ihre beste Freundin, die ja Jacks Mutter war. Vermutlich wusste es mittlerweile auch Angel, und wenn die es wusste, dann bestimmt der halbe Laden ebenso. Auf jeden Fall der Doc, denn Dana und Angel schienen ihn ziemlich zu mögen.

Shit! Dann wissen es auch Jack und Cole.

Sie nahm sich ein Herz und lugte unter der Decke hervor. »Wann bekomme ich den nächsten Flug bei Steve?«

Sofort deutete Dana ein Nein an. »Hannah! Das ist doch kein Grund, schon wieder zu flüchten. Und außer mir weiß es sicher niemand. Bei mir war es auch nur ein Zufall. Ich habe mir deine Gala in Wien angesehen, und dann kam dieses Video.«

Jaja, danke Google! Und schönen Dank auch YouTube! Tolle Sache, der Algorithmus mit den Vorschlägen.

Aber okay. Vielleicht war das alles gar nicht so schlimm. »Weiß es Jacks Mutter?«

»Sarah?« Ihre kleinen hellen Augen leuchteten auf. »Ja natürlich. Wir sind übrigens heute bei ihr zum Abendessen eingeladen. Sie will dich schon seit Tagen kennenlernen, aber ich wollte, dass du dich hier erst in Ruhe einfinden kannst.«

Verschwörerisch lehnte Dana sich mitsamt ihrem riesigen Busen übers Tablett, und es war ein Wunder, dass er weder in die Eier fiel, noch in den Kaffee tauchte. Aber das konnte Hannah nicht von der Tatsache ablenken, dass es nicht gut war, wenn Jacks Mutter es auch wusste. Es sei denn, sie war verschwiegen wie ein Grab.

»Außerdem redet und tratscht Sarah für ihr Leben gerne. Da ist es besser, du kennst einige der Leute, über die sie dir sicher die neuesten Geschichten erzählen wird.«

Der blanke Horror spielte sich in Hannahs grauen Zellen ab und setzte wieder die gesamte Kommunikationskette in Moose Creek in Gang. *Jetzt wissen es alle! Ich bin erledigt. Mein Urlaub ist gelaufen.*

»Meine Güte, du siehst etwas blass aus. So schlimm ist das nicht, Sarah hat mir auf Jacks Leben geschworen, niemandem von dem Video zu erzählen. Und selbst wenn sie den Schwur bricht ...«

»Hasst sie ihren Sohn denn?« Hannahs Stimme war hoch und am Versagen.

»Nein! Ganz im Gegenteil.«

»Na dann ist ja alles gut.« Kurz überlegte Hannah, ob sie sich das Buttermesser in die Rippen rammen sollte. Sie entschied sich für einen Zuckerschock und nahm das Honigbrot.

»Sag ich doch. Alles ist gut, und ich hoffe ja, dieser Cooper kommt mal zu Angel in die Bar. Ich hab sie gleich heute Morgen angerufen, damit ich rüberlaufen kann, sobald er auftaucht.«

»Dann weiß es Angel?«

»Klar. Aber sie ist meine Tochter und bestimmt keine Tratsche wie Sarah.«

Super. Der einzige Ausweg, den Hannah in diesem Moment sah, war doch die Sache mit den Raumschiffen. Sie könnte ja Jeff oder Richard anrufen. Wobei ... Mit dem fliegenden Dingsda wollte sie nicht zum Mond. Nicht im Zusammenhang mit ihrem Video! Dann lieber Elon. Vielleicht würde Elon ihre Bewerbung als erste Freiwillige für einen Marsflug annehmen? Mit ihrem Glück kannte er am Ende Cooper. Auch keine gute Idee.

»Ich muss weg! Und ich geh auf gar keinen Fall heute Abend zu Sarah«, meinte Hannah kreischend und für Dana völlig überraschend.

Doch sie fasste sich schnell wieder und tätschelte Hannahs Hand. »Ach, das wird schon, Kindchen. Ruh dich aus, wir sehen uns später.«

Oder auch nie mehr wieder. Meine Kreditkartennummer ist hinterlegt, alles im Voraus bezahlt, ich muss bloß Steve anrufen.

Natürlich kam es erst gar nicht zu diesem Anruf.

Eine Stunde später, endlich hatten sich die meisten Wolken verzogen, war Hannah geduscht, aber wieder im Bett, da klopfte Dana erneut an ihre Tür.

»Komm rein.«

Das Erste, das erschien, war ein riesengroßer Elchkopf aus Plüsch, wie er auch in der Auslage des Ladens über den Dosen hing.

»Äh, meinst du, ein Plüsch-Elch soll mich aufmuntern, Dana?« Tat er nämlich nicht. Ganz im Gegenteil. In Wahrheit symbolisierte er die Konsequenzen ihrer persönlichen Katastrophe, an der nur Cooper schuld hatte, geradezu perfekt. Er war lächerlich. Lächerlich wie sie selbst. Und er hatte große Augen. Wie sie im Video und Cooper selbstverständlich ebenfalls. Und er war Alaska. Und da war sie. Wegen ihm!

Hannah stieß ein paar grunzende Laute aus, während sich die Tür nun ganz öffnete. »Hi! Ich bins! Rosen gibt es hier leider keine, aber ich dachte, dieser kleine Freund hier könnte dir auch gefallen!«

»Cooper!«, schrie Hannah auf. »Was tust du denn hier?«

»Dich besuchen und nun ja, in die Bar einladen. Auf ein Frühstück vielleicht.« Erst jetzt bemerkte er das Tablett mit dem Teller, auf dem Reste des Spiegeleis zu sehen waren. »Oder auf einen Lunch.«

Er kam näher, stand direkt an der Bettkante und hielt ihr den Elch vor die Nase, wie man es dümmlicherweise bei einem Kleinkind tat. Hannah riss ihm das Tier aus der Hand und warf es zu Boden. »Lass das!«

Diese Reaktion hatte Cooper nicht erwartet. »Whoa! Was hat er dir denn angetan?«

»Er? Er gar nichts. Aber du!«

»Moment mal, wieso bin ich jetzt schuld daran, dass du mit deinem Stöckel zwischen den Holzbrettern steckengeblieben bist?«

Am liebsten hätte Hannah sich die Haare ausgerissen und gleichzeitig mit beiden Fäusten auf seine Brust getrommelt. Nichts davon tat sie, aber alleine die Vorstellung baute etwas von ihrem Ärger ab. Vielleicht war es auch die Klemme, in der sie nun steckte. Sie konnte ihm doch nicht sagen, dass ein Anflug von pubertierendem Verknalltsein schuld an dem Debakel gewesen war.

»Stimmt. Das war ganz alleine mein Fehler.«

Nun verstand Cooper gar nichts mehr. »Okay, und was war dann mein Part? Übrigens, danke der Nachfrage! Den Preston'schen Kronjuwelen geht es bestens, und Preston junior erfreut sich ebenfalls bester Gesundheit.«

Hannah konnte nicht umhin, als verlegen zu schmunzeln. »Du nennst sie Kronjuwelen und ihn Junior?«

Cooper setzte sich aufs Bett. »Ich? Nein. Aber die Internet-Community. Also, wieso war ich nach dem Eier-Gate, oder wie auch immer sie es bezeichnen, noch in Paris und London, dann in New York und zum Schluss in San Francisco und habe mich nicht versteckt, während du anscheinend nichts Besseres zu tun wusstest, als nach Alaska zu flüchten? Über deine Geschlechtsorgane hat nämlich niemand öffentlich und wollüstig diskutiert.«

Hannah schlug die Hände an ihre Wangen. »Oh mein Gott! Hast du die Kommentare gelesen?«

»Jap.« Er grinste sie an. »Sehr unterhaltsam. Von den ungefähr dreißig, die ich überflogen habe, waren zwanzig von weiblichen Fans, die sich nur eine Frage gestellt haben.«

»Und die wäre?«, wollte Hannah, doch neugierig geworden, beinahe atemlos wissen.

»Ganz einfach. Ihre Frage war: ›Warum sie und nicht ich?‹« Cooper grinste und merkte, wie es in ihrem süßen Kopf ratterte. Von dieser Seite hatte Hannah die Sache tatsächlich noch nie gesehen.

Er stand auf und streckte die Hand nach Hannah aus.

»Okay, ich bin bereit, deine Entschuldigung anzunehmen, und auch, den Lunch als Friedensangebot zu betrachten.«

Hannah fuhr sich durchs Haar. »Ich hab mich doch gar nicht entschuldigt.«

»Aber weil du eine gut erzogene Mitteleuropäerin bist, wolltest du es sicher gerade, und ich wollte dir behilflich sein und bereits den Versuch gelten lassen. Also was ist?«

Ist es so einfach?

Musste sie diese Katastrophe tatsächlich nur durch seine Augen sehen und puff? Schon löste sie sich in Luft auf?

Irgendeine kleine Stimme, ganz hinten in ihrem Kopf, erklärte sie gerade zur Närrin. Wenn es so wäre, dann waren die zwei Wochen, die sie sich zuhause eingesperrt hatte, und dieser Trip nach Alaska völlig sinnlos gewesen. Wenn es so wäre, könnte sie genauso gut auf den Malediven am Strand sitzen und Cocktails, garniert mit diesen Ananasstückchen, schlürfen. Und wenn es so wäre, dann würde sie sich jetzt leicht und befreit, ja geradezu beschwingt fühlen, was definitiv nicht so war.

Oder doch?

Aber genauso fühle ich mich, bemerkte Hannah, was ziemlich beunruhigend war.

»Äh. Mir fällt dann bald der Arm ab. Nicht, dass ich es nicht gelernt hätte, etwas länger in einer Pose zu verharren, aber ich brauche einen Kaffee und ein heißes Sandwich mit Schinken und viel Käse.« Und dann sah er Hannah wieder mit diesem Blick an wie in Wien. Verhalten, jedoch leicht durchtrieben. Spitzbübisch und ein wenig verlegen. Und irgendwie riefen seine Augen: ›Hilfe! Rette mich.‹

Hannah fiel gar nicht auf, dass alles wieder von vorne losging und sie mitten in einem Tagtraum landete. In Coopers Augen wie in einem hellblauen Meer versank und dabei selbst die kesse Blonde von *Baywatch* mit der roten Rettungsboje war.

»Hannah? Stehst du nun auf oder soll ich dich schultern und in deinem Pyjama in die Bar tragen?«

Sie lächelte ihn an, und Cooper wusste, dass sie mit ihm kommen würde. »Ja, schultere mich …« Dann kam Hannah zu sich. »Blödsinn. Das war nur ein Scherz. Nein, ich bleib hier und muss nachdenken.«

»Tust du das nicht die ganze Zeit? Und nachdenken kannst du auch in der Bar.«

Stimmt. »Aber hier kann ich besser nachdenken.«

Oder auch nicht. Denn er hatte sich für schultern entschieden und hob sie einfach hoch. »Niiicht! Ich habe kein Höschen an!«

Cooper ließ Hannah lachend wieder ins Bett gleiten. »Okay, nur damit du siehst, dass ich kein Wüstling bin. Ich warte vor dem Zimmer, bis du dich angezogen hast.«

Hannah legte den Kopf zur Seite und musterte ihn. Wollte er wirklich so sehr, dass sie mit ihm in die Bar ging, oder wollte er es nur deshalb so sehr, weil er hier sonst niemanden kannte?

Sie entschied sich für Ersteres. Noch eine Niederlage in Sachen Cooper-Gate könnte sie nicht verkraften, und da zwischen ihnen ohnehin nie etwas laufen würde, erfuhr sie ja auch nie die Wahrheit. Also konnte sie weiterträumen.

»Okay. Gib mir fünf Minuten.«

»Drei.«

»Zehn. Und jetzt husch, husch!«

Schmunzelnd verließ Cooper den Raum. Es war wieder wie in Wien mit Hannah. So einfach und voller Humor. Und sie war so süß, wenn sich ihre Nase kräuselte, weil sie wütend wurde. Auch dieser Touch von Rosa, wenn sie an das Video dachte, stand ihr. *Mal sehen, wohin uns das alles führt*, dachte Cooper und schloss die Tür hinter sich.

ngel erstarrte vor Schreck. Cooper Preston in ihrer Bar. Im *Loose-Moose.* Sie kniff die Augen zusammen, öffnete sie wieder, aber er war noch immer da. Stand jetzt sogar direkt vor ihr. An der Theke. Begleitet von Hannah.

»Ich, äh ...« ›Freue mich?‹ Sagte man das zu einem Hollywoodstar? Oder lieber: ›Es ist mir eine Ehre.‹

Nein, das klang blöd. Sie musste cool bleiben. So cool wie bei Daniel. Aber Daniel war Daniel. Völlig crazy. Und das hier war Cooper. Sexy as hell.

»Hi, ich bin Cooper«, sagte er mit seiner unverkennbar samtigen Stimme.

Als wüsste ich das nicht! Doch Angel lächelte. Wie süß war das? Cooper Preston hatte sich ihr vorgestellt.

»Angel? Hättest du Kaffee für uns?«, fragte Hannah nach. Auch sie hatte Angel begrüßt, aber keine Reaktion von ihr erhalten. Allerdings schüttelte sie sich in ihrem Strickminikleid jetzt.

»Ja. Äh, sofort.« Sie drehte sich um und begann an der Maschine zu hantieren, da bemerkte Angel, dass sie gar nicht gefragt hatte, welchen Kaffee die beiden wollten.

Cooper grinste Hannah an und flüsterte: »Gut, dass die Bar leer ist.«

»Ja. Aber das wundert mich. Heute ist ja Samstag.«

Hochrot drehte sich Angel zu den beiden um. »Äh, welchen Kaffee wollt ihr denn?«

»Espresso, bitte«, erklärten sie ihr unisono und sahen einander überrascht an.

»Gut. Dann Espresso.«

»Wir sind endlich mal einer Meinung?«, stellte Cooper fest.

»Aber sicher nur beim Kaffee.«

»Vielleicht.«

Ganz sicher, war Hannah überzeugt. Denn seine Welt und ihre Welt trennten Lichtjahre. Dass er überhaupt zu ihr gekommen war, wunderte sie noch immer.

»Du hast mir bis jetzt nicht verraten, warum du nicht mit Daniel arbeitest. Das hattet ihr doch vor.« Deshalb war er doch hier, oder etwa nicht?

Wieder sah Daniel sie verschmitzt an. »Ja, wollten wir auch, aber Daniel hat gestern zu hart gefeiert.«

»Ach ja? Mit wem denn?«

»Mit sich selbst. Er kennt da keine Grenzen, und Li hat mir heute Morgen erklärt, vor drei, vier Uhr am Nachmittag brauche ich nicht damit zu rechnen, dass Daniel aufsteht.«

»Verstehe.« Klar. Wie sie vermutet hatte. Ihm war da oben einfach langweilig gewesen, und da er sonst niemanden hier kannte, war er bei ihr aufgeschlagen. Mit diesem dämlichen Plüschtier.

»Bist du jetzt eingeschnappt? Hab ich etwas Falsches gesagt?«

Angel hörte angestrengt zu. Sie wollte kein Wort verpassen. Wer konnte schon Cooper Preston beim Smalltalk belauschen? Noch dazu mit Hannah?

Ihr Handy klingelte. Es war Sarah. Bevor sie den Anruf entgegennahm, servierte sie den beiden den Kaffee. »Sorry, da muss ich mal ran.«

Sie ging durch die Schwingtür in die Küche, denn sie musste tief durchatmen. Und die aufgestaute Energie kurz mit ein paar Sprüngen loswerden.

Dann rief sie Sarah zurück, die bereits aufgelegt hatte.

»Stell dir vor, was ich heute erfahren habe«, begann Sarah aufgeregt. *Oje*, dachte Angel, *jetzt kommt wieder eine ihrer Tratschgeschichten, die außer Sarah bloß noch ihre Mom interessierten.*

»Keine Ahnung, Sarah. Aber ich habe die Bar voller Gäste, also machs bitte kurz.« Das war gelogen, aber die einzige Ausrede, die bei Sarah half.

»Gut. Wie du willst. Ich habe diese Hannah im Internet gesehen. Du errätst nie, mit wem.«

»Da hast du recht.« Angel konnte sich nicht vorstellen, dass diese Story etwas zu bedeuten hatte. Jeder hatte heutzutage doch Social Media Accounts. Wieso sollte sie das interessieren? Sie hatte genug Arbeit und keine Zeit für so einen Quatsch. Und da draußen stand ein Hollywoodstar an ihrer Bar.

»Cooper Preston! Das musst du dir ansehen. Ich sage dir, selbst ich bin rot geworden.«

Wie bitte? »Wieso denn das?«

»Sieh es dir selbst an. Ich schicke dir den Link.«

Im Gegensatz zu ihrer Mutter war Sarah ein Technik-Freak. Sie hatte für ihre Mutter auch das Bed and Breakfast auf eine dieser Buchungsplattformen gestellt.

»Ja, schick ihn mir. Ich muss jetzt weitermachen, Sarah.«

Kaum hatte Angel aufgelegt, ertönte ein »Pling«, und auf WhatsApp erschien ein Link. *Die ist aber schnell.*

So wie sie auch. Sofort klickte Angel auf das Video und erschrak, als der Ton dazu losdröhnte. Sie stellte ihr Telefon auf lautlos und konnte nicht glauben, was sie da sah. Und las. Schlug ihre Hand auf die Stirn und kriegte sich kaum mehr ein vor Lachen.

Draußen an der Bar unterhielten sich Cooper und Hannah in der Zwischenzeit quasi über nichts.

Neben ihm zu sitzen, machte Hannah unrund. Sie konnte sich selbst dabei beobachten, wie ein Teenager zu agieren. Cooper erzählte ihr gerade, dass eine Schar an Fans die Hotellobby in Wien belagert hatte, was sie bereits wusste, aber tat, als hörte sie es zum ersten Mal. Da sie darüber auch noch wie ein Schulmädchen kicherte, schämte Hannah sich vor sich selbst. Wieso schmiss es bei ihr jedes Mal alle Sicherungen, wenn sie länger als fünf Minuten in seiner Gegenwart war? Das war ja nicht normal. Schließlich war er nicht der erste oder einzige Promi, dem sie jemals über den Weg gelaufen war. In ihrem Job hatte sie schon mit einigen Hollywoodstars zu tun gehabt und noch nie so unprofessionell agiert.

Es war zum Aus-der-Haut-Fahren!

Das Gleiche dachte Angel. Wie konnte sie nicht genau dorthin starren? Wobei ... Im Moment war Coopers bestes Stück außer Sichtweite, da er vor ihr auf dem Hocker saß und die Holztheke den Blick darauf versperrte. Aber Gott, das Kino in ihrem Kopf war kaum zu beherrschen.

Hannah und Cooper hielten mitten in ihrem Gespräch inne und sahen Angel an.

»Ist was?«, fragte Hannah sofort, denn Angels Verhalten wie auch ihr hochroter Kopf kamen ihr seltsam vor.

»Äh, nein. Gar nichts. Hab nur grad mit Sarah ...« Hannah musste das letzte Wort nicht mehr hören. In ihrem Kopf dröhnte es, ihre Ohren pfiffen, und sie schnappte sich ihren Anorak von der Lehne und lief einfach davon.

»Was ...« Cooper sah von der sich schließenden Tür zu Angel. »Was war denn das jetzt wieder?«

Natürlich fühlte Angel sich schuldig, aber sie musste ihn einfach anlügen. »Keine Ahnung.«

Nun schnappte sich auch Cooper die Jacke und rief ihr noch »Wir kommen wieder« zu. Dann konnte Angel endlich ungehemmt loslachen.

Kurz vor Docs Praxis holte er Hannah ein und hielt sie am Arm fest.

»Lass mich.«

»Oh nein. Das hast du schon in Wien gemacht. Ich wollte ja hinter der Bühne mit dir reden, als das Interview endlich vorbei war, aber du warst schon weg.«

»Na und?«

»Nicht na und, Hannah.« Schwungvoll zog er sie an sich heran, hielt sie mit beiden Armen fest und sah ihr tief in die Augen, was bei Hannah die übliche Reaktion auslöste: Herzklopfen, weiches Hirn und leicht zitternde Knie. Dazu kamen der Ärger, *dass* nun jeder im Ort von dem Video wusste, und die Scham, *weil* nun jeder im Ort von dem Video wusste. Insgesamt eine hochexplosive Mischung.

»Nicht, na und!«, schrie sie. »Dir mag das alles egal sein, aber mir nicht. Mein Urlaub ist gelaufen, verstehst du? Ich brauche eine neue Haarfarbe und eine Gesichts-OP!« Weiter kam sie nicht, denn Tränen füllten ihre Augen, und sie schluchzte auf. *Wieso ich? Wieso musste ausgerechnet mir das passieren? Und warum haben die in Alaska Internet?*

Am liebsten hätte Cooper sie getröstet, denn es tat ihm aufrichtig leid, dass sie so litt. Aber er wusste, dass er mit Worten nicht zu ihr durchdringen würde. Aber vielleicht damit …

Und so zog er Hannah eng an sich und küsste sie. Erst vorsichtig. Er sah, wie sie ihn überrascht anstarrte und sich nach hinten beugte. Dann aber lehnte sie sich zu ihm nach vorne, schlang ihre Arme um seinen Nacken und küsste ihn noch einmal.

Er hat mich geküsst, dachte Hannah und schloss kurz die Augen. Alles in Hannah kribbelte, fing Feuer, und sie vergaß sich völlig. Cooper ging es nicht anders. Irgendwann stellte Hannah ihren rechten Fuß zurück in den Schnee, und Cooper sah sie an.

»Da bist du ja wieder«, raunte er.

Dummer Fehler. Denn mit einem Mal fiel Hannah von ihrer rosaroten Traumwolke, und die Realität durchbohrte sie wie ein Schwert.

»Tut mir leid.« Dann lief sie los und drehte sich noch einmal zu ihm um. »Das zwischen uns kann nicht funktionieren.«

Zurück blieb ein völlig überraschter Cooper. Das letzte Mal, als ein Mädchen nach einem Kuss von ihm weggelaufen war, da war er sechzehn gewesen und hatte eine Zahnspange gehabt. Außerdem war es doch gerade so gut zwischen ihnen gelaufen. »Hannah! Komm zurück. Wir können doch einfach ein wenig Spaß haben, oder?«

Den Satz hatte Hannah vernommen, trotz des Trucks, der ihr gerade aus Danas Richtung entgegenkam. Und er machte sie noch wütender. Sollte er doch zusehen, wie er zu einem Betthäschen kam. Sie war es jedenfalls nicht. Egal, wie vereinnahmend sein Blick war. Und egal, wie weich sich seine Haut anfühlte, wie sehr sie es genossen hatte, ihre Finger in seinem dunkelbraunen, leicht lockigen Haar zu vergraben, es war falsch. *Er* war falsch, weil sie gemeinsam falsch waren. Das hatte doch keine Zukunft, und sie hatte es schon in Wien gewusst. Doch damals war es nur eine Träumerei gewesen und Cooper Preston trotz all seiner netten Worte unerreichbar. Jetzt war alles viel schlimmer. Sie hatte vom Apfel abgebissen und musste nun vergessen, wie süß er schmeckte.

Cooper widerstand dem Impuls, ihr nachzulaufen. Er war Cooper Preston und lief keiner Frau nach. Die Mischung aus herber Enttäuschung und gekränkter Eitelkeit zeigte sich in seiner Mimik. Als er jedoch sah, wie der graue Truck neben Hannah stehen blieb und ein Mann ausstieg, mischte sich noch ein Funke an Eifersucht dazu. *Jack! Natürlich ist es Jack. Ganz eindeutig!* Zu allem Überfluss stieg Hannah in sein Auto, Jack drehte mitten auf der Straße um und fuhr mit Hannah in Richtung der Pension davon, die nur hundert Meter entfernt war. *Was soll denn das jetzt?*

Aus Wut trat er gegen den Schnee am Straßenrand, erwischte aber entweder einen Klumpen Eis oder den Randstein selbst, jedenfalls hüpfte er schimpfend und humpelnd zurück in die Bar.

»Da bist du ja wieder. Wo ist Hannah?« Angel hatte sich mittlerweile gefangen und beschlossen, Cooper wie jeden anderen hier zu behandeln. Es gab auch keinen Grund, es nicht zu tun. Daher konnte sie locker mit ihm sprechen. Bildete Angel sich jedenfalls ein, denn ihre Stimme war immer noch einen Tick zu hoch, aber das sagte ihr niemand.

»Sie ist zurück zu Dana.«

Angel stellte den Teller, den sie gerade abgetrocknet hatte, hinter sich ins Regal und drehte sich wieder zu Cooper um. Ein wenig schuldig fühlte sie sich nämlich sehr wohl. »Ich habe euer Video gesehen. Schätze, sie hat es gecheckt und ist deshalb sauer auf mich. Ich werde Hannah in einer halbe Stunde bei Mom anrufen und mich entschuldigen. Bis dahin hat sie sich hoffentlich wieder beruhigt.«

Doch Cooper winkte ab. »Vergiss dieses dämliche Video. Jetzt ist sie sauer auf mich.«

Wieso hatte er das gesagt? Noch dazu einer Kellnerin mitten in Alaska? Offensichtlich tat ihm die ganze Situation nicht gut.

»Wirklich? Was hast du denn angestellt?«

»Gar nichts«, brummte er. »Kann ich ein Bier haben?«

»Klar. Aber gar nichts wird es wohl nicht gewesen sein.«

Nun reichte es Cooper mit dieser Unterhaltung. »Sorry, aber ich hab keinen Bock, darüber zu reden. Und falls du dir Sorgen wegen Hannah machst, musst du nicht, sie hat ihren Retter gefunden.«

Angels Augen weiteten sich, sie stützte sich mit beiden Händen auf der Theke ab und sah Cooper direkt an. »Jack? Was hat der denn damit zu tun?«

»Keine Ahnung, frag ihn.«

Das werde ich, dachte Angel, denn obwohl sie Hannah auf Anhieb ins Herz geschlossen hatte, spürte sie auch, dass Jack sich irgendwie komisch an ihrer Seite verhielt. Freundlicher als sonst. Ja, er war sogar gesprächiger in ihrer Gegenwart als üblich. Und das Schlimmste war: Seine Augen hatten diesen seltsamen Glanz, wenn er Hannah ansah.

Der Bierschaum lief über das Glas nach unten, und Angel schimpfte laut.

Wäre Cooper nicht so sehr mit seiner eigenen Eifersucht und Enttäuschung beschäftigt gewesen, hätte er bemerkt, dass er eine Gleichgesinnte vor sich hatte. So aber hielt er sie einfach für unkonzentriert und ungeschickt, aber äußerte sich nicht dazu.

»Cooper Preston?« Eine junge Frau mit blonden Haaren und einer roten Strähne hatte sich irgendwie auf den leeren Barhocker neben ihm geschmuggelt. »Mein Gott! Sie sind es! Ich liebe Ihre Filme. Kann ich ein Autogramm haben?«

Cooper riss sich zusammen. Seine Fans waren immer das Wichtigste für ihn gewesen. Nicht die Studiobosse. Fans bezahlten die Kinotickets und Merchandise-Artikel, nicht sie. Fans wie dieses junge Mädchen hier. »Klar. Hi, nenn mich einfach Cooper. Und du bist?«

»Alison«, erklärte sie ihm mit einem Strahlen im Gesicht, das die etwas schummrige Bar zum Leuchten bringen könnte.

»Schön, dich kennenzulernen, Alison. Wo soll ich denn für dich unterschreiben?«

Alison überlegte kurz. »Hast du einen wasserfesten Stift, Angel?«

»Klar. Hier.« Mechanisch legte Angel ihr einen schwarzen Marker hin.

»Würdest du auf meinem Arm unterschreiben?«

Cooper nickte. »Der Arm ist gut.«

Busen-, Bauch- und Intimzonen-Anfragen dagegen hasste er. Hatte er alles schon erlebt, allerdings in den letzten Jahren etwas seltener. Lag vermutlich an MeToo.

Glücklich, als wäre ihr Geburtstag auf Weihnachten gefallen, rutschte Alison vom Hocker. »Danke! Wow! Das glaubt mir niemand.«

»Nun ja, alle in dem Lokal«, mittlerweile waren fünf Gäste hier, die zu ihnen sahen, »glauben dir auf jeden Fall. Hab noch einen schönen Tag, Alison.«

»Das ist der beste seit Langem, danke.« Dann küsste sie ihn ohne Vorwarnung mitten auf den Mund und rannte zurück an ihren Tisch, wo eine zweite, allerdings brünette Frau wild gestikulierend auf sie wartete.

Zeit, zu gehen.

Cooper zog sein Handy aus der Hosentasche und textete Li, dass er abgeholt werden wollte. Alleine das fühlte sich seltsam an. Cooper war es überhaupt nicht gewöhnt, irgendwo ohne Begleitung hinzugehen. Meist waren es Sicherheitsleute, seine Angestellten oder aber Freunde. Seit Jahren war er nicht mehr allein unterwegs gewesen, aber Li hatte ihm erklärt, Daniel mache das hier auch, es sei völlig ungefährlich. Und er hatte es toll gefunden. Hatte sich sofort bei der kleinen Pension absetzen lassen und diese unerwartete Freiheit genossen. Jetzt aber noch fünfzehn Minuten in der Bar auszuharren, nervte ihn. Und zwar gewaltig. Bei gefühlten null Grad Fahrenheit draußen auf der Straße auf Li zu warten, war jedoch auch keine Option.

Cooper fügte sich seinem Schicksal, trank noch ein Bier, und als er mit seinem schwarzen Anorak die Bar verließ, hatte jeder Gast ein Autogramm erhalten. Angel hatte sich sogar fünf Servietten unterschreiben lassen. *Das ist schon okay*, dachte er, als er zu Li in den großen, dunklen Van stieg, *sie haben sich alle gefreut.*

»Fahr bitte bei der Pension vorbei«, wies er Li an.

»Wie du willst.« Li grinste und hatte so eine Ahnung, dass der Tag bisher nicht sonderlich gut für Cooper gelaufen war. Für ihn auch nicht. Deshalb wäre er freiwillig über Anchorage zurück zu Daniel gefahren. Nicht nur, dass er sieben verschiedene Smoothies hatte mixen müssen, bis endlich einer davon Daniel geschmeckt hatte, sondern auch seine Stimmung war kaum zu ertragen gewesen. Daniel war mit Kopfweh, Halsweh und Husten aufgewacht, aber das hatte ihn nicht davon abgehalten, über eine Stunde lang durchs Haus zu laufen und vor sich hin zu schimpfen. Li konnte ja auch nichts daran ändern, dass er sich wieder einmal hatte volllaufen lassen und sich alles reingezogen hatte, was verboten war.

Dass sein im Moment innigster Wunsch bereits vom Universum erhört worden war, wenn auch auf unerwartete Weise, ahnte Li noch nicht, als eine Elchkuh von rechts kommend direkt auf die Straße trabte und stehen blieb. Mit ihren großen Augen sah sie das Auto oder die Insassen – niemand würde es jemals genau wissen – interessiert an, und Cooper forderte Li auf: »Park dich bitte hinter dem Truck ein.«

Wie gewünscht, stellte Li den Van direkt hinter dem grauen Truck vor der Pension ab und sah dem riesigen Tier zu. Elchkühe hatten Ohren, die an Rehe erinnerten. Li waren sie tausendmal lieber als die männlichen Exemplare,

an die er sich nach wie vor nicht gewöhnt hatte. Elche
waren einfach zu groß, speziell, da er nur mit dicken Sohlen
einen Meter siebzig knackte.

Zu seiner Überraschung sprang Cooper aus dem Wagen.
»Ich bin gleich zurück.«

Eine Viertelstunde später hatte Li genug vom Warten,
die Elchkuh war längst weitergezogen, und er konnte die
Heizung nicht ewig laufen lassen, daher stieg er aus und
ging ebenfalls zu Dana in das Bed and Breakfast.

it roten Backen öffnete Dana Cooper die Tür. »Oh! Du bist es. Komm herein.«

Wohlige Wärme und der Duft von Zimt strömten Cooper entgegen. Dana hatte Feuer im offenen Kamin gemacht, und Jack saß in einem der Ohrensessel. Keine Spur von Hannah.

»Hi Jack. Wo ist Hannah?«, fragte Cooper sofort.

»Oben. Sie zieht sich fürs Essen bei meiner Mutter um«, brummte der zurück. Jack mochte den Schauspieler nicht. Er konnte nicht genau sagen, warum, aber Daniel mit all seinen Eskapaden war ihm definitiv lieber als dieser Cooper, bei dem er nicht wusste, woran er war. Außerdem musste er Hannah vor ihm beschützen. Jetzt, wo er sich das Video angesehen hatte, das ihm seine Mutter aufs Handy geschickt hatte, war Jack auch klar, warum Hannah hierher geflohen war. Und ganz offensichtlich wollte sie nichts mehr mit Cooper zu tun haben.

»Gut, dann gehe ich nach oben.«

Jack erhob sich. »Lass das. Sie hat ausdrücklich gesagt, dass ich hier warten soll, also gilt das auch für dich.«

Cooper kniff verärgert die Brauen zusammen. Was zum Teufel bildete Jack sich ein? Dass er ihm sagen konnte, was er tun und lassen sollte? Sicher nicht.

»Danke für den Hinweis, aber das denke ich nicht.« Und schon ging er zur Holztreppe, die in den ersten Stock führte.

Doch Jack lief ihm nach. »Hey, ich hab doch gesagt, lass das.«

Dana, die für Jack Tee aufgesetzt hatte, kam gerade aus der Küche und stand nun mit dem Tablett in der Hand hinter den beiden. Sie spürte das Knistern in der Luft, und es bedeutete nichts Gutes. »So, ihr beiden. Da das mein Haus ist, setzt ihr euch beide mal schön wieder ins Wohnzimmer, trinkt eine Tasse Tee, und *ich* werde Hannah sagen, dass du hier bist, Cooper.«

Auch wenn ihr Tonfall sanft war, ließ er keinen Raum für Widerspruch.

Jack folgte grinsend ihrer Anweisung. *Eins zu null für mich*, dachte er, als er sich wieder setzte. Nicht gerade erfreut nahm auch Cooper Platz. Bitte, dann würde er so lange hier sitzen bleiben, bis Hannah herunterkam. Irgendwann musste sie es ja tun.

»Sehr gut. Wollt ihr Cookies zum Tee?« Ohne die Antworten abzuwarten, holte Dana welche aus der Küche, während die beiden schweigend, und ohne einander auch nur eines Blickes zu würdigen, ins Feuer starrten.

Sieh mal einer an, dachte Dana gerade, als sie mit den Plätzchen zurückkam. *Die sind ja alle beide in Hannah verliebt. Das gibt Ärger.*

Wie richtig ihre Einschätzung der Lage war, stellte sich nur dreißig Minuten später heraus.

Mittlerweile saß auch Li bei ihnen und trank ebenfalls Tee. Dana war zwar nach oben gegangen, aber da Hannah nicht auf ihr Klopfen geantwortet hatte, hatte Dana angenommen, sie wäre unter der Dusche.

»So, jetzt reichts aber«, erklärte Cooper und stand auf. »Ich gehe jetzt nach oben und spreche mit ihr.«

Jack sprang ebenfalls auf, und Dana sah ihn tadelnd an. »Nein, du bleibst jetzt hier sitzen.«

Cooper schickte der kleinen Frau in Jeans und Hemdbluse einen dankbaren Blick und lief nach oben. Doch auch auf sein Klopfen reagierte Hannah nicht. Anders als Dana öffnete er aber die Tür und sah sich im Zimmer um. Das Bett war gemacht, ihr Koffer war noch da, aber Hannah war auch nicht im Badezimmer gleich nebenan.

Er rannte die Treppe hinunter und rief ins Wohnzimmer: »Super! Jetzt ist sie weg!«

»Wie weg?«, fragte Jack im Aufspringen.

»Weg bedeutet weg. Sie ist nicht oben in ihrem Zimmer.«

»Wie bitte? Wo soll sie denn hingegangen sein?« Dana war völlig verwirrt. Die Treppe knarrte doch bei jedem Schritt. Wenn Hannah nach unten gekommen wäre, hätte sie einer von ihnen bestimmt gehört.

»Woher soll ich das wissen?«, fauchte Cooper sie an, dessen Brustkorb sich schon oben in Hannahs Zimmer zusammengezogen hatte. Das hier war Alaska. Einfach so nach draußen zu laufen, war hier die dümmste Idee überhaupt.

Damit war Cooper ausnahmsweise mit Jack einer Meinung, der es sogar laut aussprach: »Wenn sie weggelaufen ist, ist das das Dümmste, was sie machen konnte. Wir müssen sie suchen.«

Und schon zog er sich seinen Anorak und die Mütze an, nahm seine Handschuhe und lief nach draußen. Cooper und Li waren beinahe gleich schnell wie Jack, bloß Dana brauchte etwas länger.

Sie standen auf der Straße und blickten suchend in beide Richtungen, aber keine Spur von Hannah.

Dana war nicht weniger außer sich wie die Männer. »Cooper und Li, ihr fahrt in Richtung Stadt, ich mit Jack in Richtung des Flusses. Und wenn einer sie sieht, ruft er die anderen an.«

»Gute Idee«, sagte Cooper sofort, der erleichtert war, dass er etwas tun konnte. »Gib mir deine Nummer, Dana.«

Schnell tauschten sie ihre Handynummern aus, dann

sprang Dana zu Jack in den Wagen, und mit durchdrehenden Reifen preschte er los.

»Gehts etwas schneller, Li?«, fuhr Cooper ihn an.

»Ja, geht. Aber dann landen wir im nächsten Haus. Oder Baum. Ich bin aus Los Angeles und kein Einheimischer«, knurrte Li zurück. Auch wenn er sich gewünscht hatte, nicht gleich zu Daniel zurückzumüssen, das hier hatte er nicht gewollt.

»Okay, okay.« Coopers Kopf schnellte hin und her. Er sah nach links, dann wieder nach rechts, und als sie am Ende des Dorfs angekommen waren, hatte er Hannah noch immer nicht entdecken können.

Genauso wenig wie Jack und Dana. Nach drei Meilen Fahrt hielt Jack an. »So weit kann sie doch gar nicht gekommen sein.«

»Nein. Aber Hannah wird doch auch nicht einfach durch den Wald gelaufen sein?«

Während Hannahs Suchtrupp telefonierte, saß Hannah gemütlich bei Angel an der Bar. Mittlerweile hatte sie ihr von ihrer Entscheidung zwischen Pest und Cholera erzählt. Pest war gewesen, zu ihr in die Bar zu flüchten, obwohl Hannah wusste, dass hier jeder das Video gesehen hatte, und Cholera, zur Verbreiterin dieses Videos, nämlich Jacks Mutter, zum Abendessen zu gehen. Sie hatte sich für die Pest entschieden. Und als sie Coopers Stimme bei Dana gehört hatte, war Hannah klar gewesen, dass sie sich aus dem Haus schleichen musste, denn sie wollte weder mit ihm noch mit Jack sprechen.

»Die werden sich aber Sorgen um dich machen«, sagte Angel.

»Wieso? Interessiert ja auch sonst keinen, wie ich mich fühle, wenn hier alle das Video gesehen haben. Und Cooper kann mich mal. Ich bin schließlich nicht sein Spielzeug.«

Nun horchte Angel auf. Sie dachte, es ginge eher um Jack. »Wieso soll er das denken?«

»Keine Ahnung. Er hat mich mitten auf der Straße geküsst, aber das –«

Angels Augen leuchteten auf, und sie unterbrach Hannah. »Cooper Preston hat dich mitten auf der Straße geküsst?«

»Ja, sag ich doch. Hat er. Aber was soll das denn zwischen uns werden außer einer Bettgeschichte für ihn? Das ist das Letzte, was ich gerade brauche.«

Leider war Angel noch nicht bereit, irgendjemandem und schon gar nicht Hannah von ihren Gefühlen für Jack zu erzählen. Dummerweise hatten sie sich in den letzten Monaten gewandelt. Sie waren zusammen aufgewachsen und schon als Kleinkinder die besten Freunde gewesen. Daher hatte Angel stets angenommen, dass das für immer so bleiben würde. Aber ganz schleichend, und sie wusste nicht einmal, warum, hatte sie begonnen zur Tür zu sehen und sehnsüchtig auf Jack zu warten, wenn er nicht um die übliche Zeit in der Bar erschienen war.

Sie hatten hin und wieder auch völlig andere Gespräche als vorher miteinander geführt. Jack war nie ein Typ für Komplimente gewesen, doch er hatte ihr mehr als einmal gesagt, wie toll der Laden sei, seit sie ihn von George mit dem Erbe von ihrer Großmutter gekauft hatte, und dass er nie damit gerechnet hatte, dass sie in Moose Creek bleiben würde. Sie selbst auch nicht, aber irgendetwas hatte sie zurückgezogen. Eingeredet hatte sie sich natürlich immer, dass es ihre Mutter war, auf die sie achtgeben musste, nachdem ihr Vater bei einem Arbeitsunfall in den Bergen gestorben war.

Auf jeden Fall wusste Angel innerlich ganz genau, was mit ihr los war: Sie war bis über beide Ohren in Jack verliebt, und Hannah war schuld daran, dass ihr das nun klar geworden war.

Nun musste sie Hannah nur mehr davon überzeugen, dass Cooper der Richtige für sie war. Denn Angel hatte genau gespürt, wie sehr auch Jack an ihr interessiert war.

»Hör mal, wieso sollte Cooper denken, dass du nur eine Bettgeschichte bist?«

Hannah kniff die Augen zusammen. Dann tippte sie auf ihrem Handy etwas ein und hielt es Angel hin. »Hier. Du kannst gerne runterscrollen. Das erscheint im Internet, wenn du ›Cooper Preston Freundin‹ eingibst.«

Angel schürzte die Lippen. »Das sind schon verdammt viele Frauen.«

Von langen oder zumindest längeren Beziehungen schien Cooper nicht viel zu halten.

»Sag ich ja. Und weißt du, mit wem er zusammenwohnt?«

»Keine Ahnung, so ein Fan bin ich jetzt auch wieder nicht.«

»Mit seinem besten Freund! James Wood.«

Angel schwante Böses. »Oh mein Gott. Dann ist er schwul und spielt bloß mit dir?«

Hannah fuhr nach hinten. »Schwul? Nein, Cooper ist sicher nicht homosexuell, maximal bi, aber das weiß ich nicht.«

»Okay, aber wo ist dann dein Problem, Hannah? Ich meine, Cooper sieht umwerfend toll aus, hat jede Menge Kohle, und er steht auf dich. Und er hat dich geküsst!«

Allein wenn Jack sie nur geküsst hätte, wäre ihre kleine Welt schon mehr als in Ordnung.

»Du hast es erfasst. Genau das ist mein Problem: Er sieht umwerfend gut aus, ich durchschnittlich. Also nicht übel, aber eben auch nicht wie ein Weltstar. Und er ist schwerreich, fliegt in Privatjets und so weiter, während ich den billigsten Urlaub gebucht habe, der mich maximal weit weg von zuhause führt, in der Hoffnung, dass ihr hier keine Verbindung zum Internet habt«, gestand Hannah ehrlich, und Angel musste schmunzeln.

»Hm, ich glaube, du hast zu viele Kitschfilme über Alaska geschaut. Internet haben wir schon ewig.«

Hannah blickte in ihren Kodiak Coffee, den sie für ihre Nerven gebraucht hatte. Mit einem Extraschuss Whisky. »Ja, leider.«

Nun brach Angel in Lachen aus. »Hey, komm. So schlimm, wie du tust, ist das Ganze wirklich nicht. Schlimm ist, wenn du dein Leben lang hier sitzt und die größte Abwechslung ein Schneesturm, ein tagelanger Blackout oder jemand wie Daniel ist.«

Nun musste auch Hannah lachen. »Du hast recht. Vielleicht bin ich auf gewisse Weise genauso weltfremd wie Cooper.«

»Jap. Bist du. Von daher passt ihr ziemlich gut zusammen.«

»Tun wir nicht, aber danke, Angel. Ich muss das Kapitel mit dem Video hinter mir lassen. Irgendwann interessiert sich ohnehin niemand mehr dafür, und mein Gott, ich bin einfach nur gestolpert. Das kann jedem passieren.«

Angel umarmte Hannah. »So ists gut. Und noch einmal, jeder hier beneidet dich, denn es hat sich auch wie ein Lauffeuer herumgesprochen, dass ihr beide euch draußen auf der Straße geküsst habt.«

Nun war es an Hannah, große Augen zu machen. »Du hast schon davon gewusst?«

»Hier weiß jeder alles über jeden. Willkommen in meiner Welt, Hannah!«

»Danke. Aber sag, ist da nicht doch etwas zwischen dir und Jack?«

Nun wäre der perfekte Moment gekommen, endlich laut auszusprechen, was Angel für Jack empfand. »Was soll da sein? Wir sind beste Freunde, wie wir es schon immer waren.«

Okay, dachte Hannah. »Entschuldige, dass ich angenommen habe, du stehst auf ihn.«

Angel war schockiert, dass Hannah ihr das angesehen hatte, überspielte es aber gekonnt. »Auf Jack? Du meine Güte, nein.«

Damit war das Thema für Hannah erledigt, und sie konzentrierte sich auf ihren Kaffee, zumal Angel ein paar Tische zu bedienen hatte.

Es mochte am Alkohol zu Mittag gelegen haben oder am Gefühlschaos, das in Hannah tobte. Was auch immer sie dazu getrieben hatte, auf jeden Fall stand sie vom Barhocker auf, drehte sich um – das Lokal war bis auf den letzten Sitzplatz gefüllt – und begann laut in die Runde zu rufen: »Hallo Leute! Wie ihr sicher wisst, ich bin Hannah. Die vom Video mit Cooper Preston aus Wien.«

Jedes Gespräch erstarb, und alle sahen sie neugierig an. Inklusive Angel. *Was ist denn jetzt wieder in Hannah gefahren?*

»Nun ... Nur damit das klar ist und ihr es von mir gehört habt: Da war keine Absicht dahinter, ich bin einfach nur über ein Kabel gestolpert. Ist jedem von euch sicher auch schon mal passiert.« Zu Hannahs Freude nickten beinahe alle und sahen sie freundlich an. »Nun ... Mir war das so peinlich, dass ich hierher zu euch geflüchtet bin, aber leider hat sich herausgestellt, ihr habt Internet.«

Nun lachte das ganze Lokal laut auf, und Hannah fühlte sich geradezu befreit. Es tat richtig gut, alles mal auszuspucken.

»Weiter im Text: Ich wusste nicht, dass Cooper auch hierherkommen würde, das war reiner Zufall und hat nichts mit mir zu tun.« Sie atmete durch. »So. Mehr gibts von meiner Seite aus nicht dazu zu sagen, aber wenn ihr Fragen habt, dann bitte.«

Sie sah von einem zum anderen, aber alle schüttelten amüsiert den Kopf. Bis auf eine junge Frau, die den Arm wie in der Schule hob.

»Ja, bitte?«

»Wie küsst er denn?« Das ganze Lokal brach nun in schallendes Gelächter aus, und die Kommentare waren auch nicht jugendfrei.

»Gut, würde ich sagen. Nun ja«, sie überlegte kurz, »wie jeder andere, den du hier kennenlernen kannst. Also, Leute, das wars, und wir können uns wieder den wirklich wichtigen Dingen des Lebens widmen. Es ist Samstagmittag, und ich kann euch nur sagen, ich liebe Moose Creek, das *Loose-Moose* und euren Kodiak Coffee. Cheers!«

Zu Hannahs und Angels Überraschung hob jeder Einzelne in der Bar Tasse oder Glas und prostete Hannah zu. Sie hatten die mutige Blonde ins Herz geschlossen.

Schon einen Moment später erfüllte das Gemurmel angeregter Gespräche den Raum, denn nun musste ihr Auftritt analysiert werden.

»Mann, du hast aber Mumm. Alle Achtung.«

»Danke, Angel. Aber das war nicht Mut, sondern einfach ein längst notwendiger Befreiungsschlag. Kann ich bitte noch so einen Kodiak bekommen?«

»Aber sicher. Der geht jetzt aufs Haus.« Angel grinste. »Du bist echt eine Nummer, Hannah.«

»Und du eine verdammt coole Socke, Angel. Schau dich doch an.«

»Was? Wieso?«

»Na, wie du den Laden hier schmeißt, Schneestürme wegsteckst und dabei noch so sexy wie heute aussiehst.«

»Danke, das ist echt nett von dir.«

»Nein, nicht nett, Angel. Bloß die Wahrheit.«

»Ich bekomme selten Komplimenten und schon gar nicht ein so tolles. Danke, Hannah. Das ist einfach so süß von dir.« Dann meldete sich Angels Telefon. »Sorry, mein Handy läutet schon wieder. Mom. Ich sollte dann wohl mal abheben.«

»Klar, mach nur.« Hannah war tiefenentspannt. Und sie hatte das Gefühl, das erste Mal seit drei Wochen einen wirklich klaren Kopf zu haben und wieder bei sich zu sein. Daran konnte nicht einmal der Whisky im Kaffee etwas ändern oder das Gespräch, dem sie ungewollt lauschte.

»Ja, Mom. Ich hab doch gesagt, sie ist hier in der Bar.« Angel hielt das Handy von sich weg, offensichtlich schrie Dana mit ihr. »Mom! Nein, das war nicht verantwortungslos von mir, sondern ihr alle habt überreagiert. Was denkt ihr denn, wie doof Hannah ist?« Nun war Angel richtig sauer auf ihre Mutter und alle drei Männer. »Gut, kommt her oder auch nicht.« Dann legte sie auf und sagte zu Hannah: »Sie haben dich über eine halbe Stunde lang gesucht, und jetzt bin ich an allem schuld.«

Hannah runzelte die Stirn. »Wer hat mich gesucht?«

»Mom und Jack in einem Auto und Cooper und Li in einem zweiten Wagen. Sie waren sogar in der kleinen Hütte am See.«

»Wie bitte? Sind sie verrückt? Was soll ich denn dort?«

»Dich verstecken? Keine Ahnung. Aber weil ich nicht sofort abgehoben habe, bin ich jetzt die Böse.«

Hannah legte ihren Arm auf den von Angel. »Tut mir leid. Dass sie mich suchen würden, daran habe ich nicht einmal gedacht.«

»Schon gut. Oh, da sind sie ja.« Angel grinste leicht säuerlich, als gleich alle vier zur Tür hereinkamen und sich auf Hannah stürzten.

Eine Viertelstunde später hatten sich alle beruhigt und Hannah sich breitschlagen lassen, mit Dana und Jack zu Sarah zu fahren. Cooper passte das gar nicht in den Kram, aber das Lokal war knackevoll, und er hatte keine Lust, dass wieder jemand etwas mitschnitt und ins Internet stellte. Daher hatte er sich bedeckt gehalten und so gut wie gar nichts zu Hannah gesagt, außer dass er sie kurz vor Freude, dass ihr nichts geschehen war, umarmt hatte.

»Komm, wir fahren zurück zu Daniel«, sagte er zu Li, der jedoch gar nicht wegwollte, denn das erste Mal, seit er in dieses Dorf gekommen war, durfte er an der Bar sitzen. Und das neben Cooper Preston! Wenn er mit Daniel hier war, musste er immer hinten, gleich neben dem Pooltisch Platz nehmen und durfte bloß darauf warten, bis Daniel mit den Fingern schnippte und er ihn nach Hause zu chauffieren hatte.

»Muss das sein? Er hat noch nicht einmal angerufen oder getextet.«

Cooper sah Li erstaunt an. »Er ist wohl ein *pain in the ass*, was?«

Li schüttelte den Kopf und nickte zwischendurch, was Cooper zum Lachen brachte. »Okay. Von mir aus. Wenn ein Tisch frei wird, nehmen wir den und essen etwas. Es gibt doch sicher frischen Lachs, Angel, oder?«

»Natürlich! Und heute sogar einen besonders guten.« An den Wochenenden hatte sie nämlich Hilfe in der Küche. »George macht den besten Smoked Salmon der Welt. Warm, mit Kartoffeln und Sauce.«

Cooper sah Li an. »Also, ich probiere ihn, und du?«

»Ja, gerne.«

»Wunderbar. Dann zweimal und bitte den nächsten Tisch, der frei wird.«

Was sollte er mit diesem Nachmittag auch sonst anfangen? Hannah war weg und hatte sich für Jack und dessen

Mutter entschieden, statt dafür, etwas mit ihm zu unternehmen. Dass er ihr gar nichts vorgeschlagen hatte, war Cooper offensichtlich entfallen. Hannah dagegen nicht.

Sie saß nun bei Sarah, und obwohl sie zugeben musste, dass die drahtige Frau mit dem langen, grauen Haar unglaublich witzig war und schneller reden konnte als ein Maschinengewehr, war sie auch etwas enttäuscht, dass Cooper so gar nichts gesagt hatte. Aber das war egal, sie wollte ja sowieso nichts von ihm, redete Hannah sich erfolgreich ein.

Sarah ließ gerade Hannahs Ankunft Revue passieren.

»War das nicht ein Glück, dass Jack dich gleich nach deiner Ankunft getroffen und zu Dana gebracht hat«, erklärte sie ihnen, als sie alle vier mit einem Aperitif in der Hand um ihren offenen Kamin saßen. Gleich daneben war der Esstisch bereits liebevoll mit blauem Geschirr und weißen Servietten gedeckt. Sarah hatte auch eine Kerze angezündet und einige Glassteine quer über den Tisch verteilt.

»Ich hätte sie bloß ein paar Minuten später abgeholt«, verteidigte Dana sich, der es noch immer äußerst unangenehm war, dass sie damals die Zeit übersehen hatte.

»Weiß ich, und es war ja auch kein Problem«, half ihr Hannah aus.

»Nein, das war es sicher nicht. Aber trotzdem gut, dass Jack meine Medikamente bei Steve abgeholt hat.«

»Medikamente?« Hannah war hellhörig geworden und stellte ihr Glas ab. Dann waren es also keine Drogen oder irgendetwas anderes Verbotenes gewesen?

»Ja, ich hab doch diese furchtbaren Migräneanfälle. Da helfen normale Schmerztabletten nicht. Daher stellt Doc mir immer Rezepte für echt starke Tabletten aus, die Steve dann in Anchorage für mich besorgt.«

»Ah ja. Tut mir leid, das mit der Migräne«, erklärte ihr Hannah und bemerkte, wie Jack sie anlächelte. »Okay, okay.

Dann bist du eben kein Drogendealer«, fauchte sie in seine Richtung.

»Gut, dass du das endlich einsiehst.«

»Was ist mit Drogen?«, wollte Sarah sofort wissen.

»Gar nichts, Mom«, erklärte Jack ihr sofort und stand auf. »Ich weiß ja nicht, wie es euch geht, aber ich habe einen Bärenhunger.«

»Gut so, ich habe nämlich ein Reindeer Stew gekocht.«

Jack lachte. »Herrlich! Aber das wusste ich, seit ich zur Tür hereingekommen bin, Mom. Man kann es nämlich riechen.«

»Sehr lustig«, meinte Sarah schmunzelnd. »Ihr beide setzt euch schon mal hin. Begleitest du mich in die Küche, Dana?«

»Klar«, erwiderte ihre beste Freundin sofort. Dana nahm an, dass Sarah ein paar Takte unter vier Augen mit ihr sprechen wollte. Vielleicht über das Video, vielleicht über Jacks sichtliches Interesse an Hannah. Vielleicht aber sollte sie ihr nur beim Hinaustragen der Speisen helfen.

Wenig später wusste Dana: Sie hatte in allen drei Punkten recht gehabt, und wie sie war auch Sarah der Meinung, dass Jack sich ruhig mal etwas Spaß gönnen sollte. Und sei es nur eine Urlaubsaffäre mit Hannah. Einhellig waren sie der Ansicht, Jack wäre die bessere Wahl für Hannah als Cooper. Der hätte ja genügend Frauen, die eine Affäre mit ihm anstrebten. Gut war nur, dass weder Hannah noch Jack verstehen konnten, was die beiden in der Küche flüsterten.

Als die zwei Frauen den Rentier-Eintopf mit Kartoffelpüree, Johannisbeergelee, frischem Thymian und einem fantastischen Coleslaw Salad servierten, war Jack gerade dabei, Hannah zu überreden, ihn morgen zum Eislaufen zu begleiten.

»Es wird ganz bestimmt lustig. Angel und alle anderen Singles werden da sein.«

Eine Singlebörse am Eislaufplatz? Davon hatte Hannah noch nie etwas gehört. »Ich hab aber kein Interesse, hier ein Date zu finden.«

Jack fuhr sich durch sein schwarzes Haar und lachte hellauf. »Du glaubst doch nicht wirklich, da hätte sich jemals jemand verliebt?«

»Nicht? Und warum macht ihr dann dieses Single-Eislaufen bei Punsch und Kuchen?«

»Weil im Winter die Straße rüber nach Almonds meistens gesperrt ist. Daher kann niemand in die Kirche und sich auch nicht anschließend zum Quatschen treffen. Also gehen die Jüngeren zum Eislaufen, die Paare genießen es, dass alle anderen aus dem Haus sind, und die Älteren treffen sich meist gleich bei Angel in der Bar. Und das mittlerweile mit oder ohne Kirche.«

»Interessant, aber ich dachte, Angel kommt auch zum Eislaufen?«

»Ja«, mischte sich Dana ein, die gerade ein riesiges Tongefäß mit dem herrlich duftenden Eintopf in die Mitte des Tisches stellte. »Wird sie auch. George übernimmt am frühen Nachmittag die Bar, damit sie wenigstens einmal in der Woche etwas rauskommt und Sport machen kann.«

»Okay.« Hannah grinste. »Wenn das so ist, bin ich natürlich dabei, auch wenn ich das letzte Mal mit fünf Jahren eislaufen war.«

»Kein Problem, das verlernt man nicht«, meinte Sarah, die jedem von ihnen eine kleine Glasschüssel mit dem Salat hinstellte.

»Vermutlich, aber ich war schon damals keine Koryphäe«, zweifelte Hannah. Dennoch war sie froh, etwas vorzuhaben. Und nicht über Cooper nachzudenken oder gar in Versuchung zu kommen, ihm über den Weg zu laufen. Zu einem Eislaufen für Singles würde er bestimmt nicht erscheinen.

Womit sie recht behalten sollte, denn ihr Sonntag würde komplett anders verlaufen als geplant.

Doch im Moment war Hannahs Welt völlig in Ordnung. Sie war richtig hungrig, und das Essen roch einfach himmlisch. Die Sonne war bereits untergegangen und die Stimmung in Sarahs Haus heimelig. Hannah blieb viel länger als gedacht, die Storys, die Dana und Sarah zum Besten gaben, waren einfach zu gut. Auch Jack zeigte sich von seiner besten Seite und brachte Hannah immer wieder zum Lachen. So wohl hatte sie sich nicht gefühlt, seit sie in Moose Creek angekommen war.

Ein paar Meilen entfernt ging der Tag auch für Cooper relativ unspektakulär mit einem Saunabesuch gemeinsam mit Daniel zu Ende. Zum Glück für Cooper hatte Daniel sich wieder erholt und war relativ guter Dinge gewesen, als er gemeinsam mit Li das *Earthship* erreicht hatte. Außerdem war er heiß darauf, endlich sein neues Filmbaby mit Cooper im Detail besprechen zu können, und immer wenn er sich geistig auf ein Projekt konzentrierte, war er ziemlich umgänglich und erträglich. In niemandem, den Cooper kannte, wohnten zwei so dermaßen unterschiedliche Wesen wie in Daniel. Dass er Zwilling im Sternzeichen war, erklärte es möglicherweise.

8

Hannah genoss den Sonntagmorgen in vollen Zügen. Sie saß gemeinsam mit Dana vor dem Kamin, aß ihre Waffeln mit Blaubeeren und Schlagobers, trank zwei Tassen Kaffee dazu, und sie lachten darüber, dass Jack und sie gegen Dana und Sarah im *Snerts* verloren hatten.

»Kein Wunder, ich hab das Kartenspiel bis zum Ende überhaupt nicht verstanden.« Hannah grinste.

»Du wirst mir richtig fehlen, Kindchen«, meinte Dana zum Schluss.

»Du mir auch!« Hannah stand auf und umarmte sie. »Und deine Waffeln erst.« Sie lachte Dana an.

»Ja, die kriegst du nur, wenn du wiederkommst.«

Hannah legte beide Hände auf Danas Schultern. »Dana, ich will nichts versprechen, das ich vielleicht nicht halten kann, aber ich werde mich auf jeden Fall bemühen, wiederzukommen, ja?«

Dana verdrückte ein paar Tränchen. Hannah würde zwar noch eine weitere Woche hierbleiben, aber sie vermisste sie aus irgendeinem Grund schon jetzt. Mit ihr war es wie früher, als Angel noch bei ihr gewohnt hatte. Immer aufregend, aber auch unglaublich schön und gemütlich. Es war einfach Leben im Haus, wenn Hannah da war.

»Hey, wir haben noch jede Menge Zeit, und wenn du und Angel Lust habt, dann kommt mich doch einfach mal in Wien besuchen.«

Jetzt musste Dana lachen. »Meine Güte, ich war noch nicht mal in Kanada! Weißt du, wie weit weg für mich Europa ist?«

»Weiß ich.« Hannah grinste. »Nur knapp zwei Tage weit weg.« Eine bessere Flugverbindung hatte sie selbst jedenfalls nicht bekommen.

»Ein Klacks.« Dana lächelte, obwohl sie wusste, dass sie in diesem Leben Europa nie sehen würde. Aber das war okay für sie. Sie liebte es hier. Hier war ihr Mann Richard begraben, wie auch seine und ihre Eltern. Niemals würde sie von hier weggehen. Nicht einmal für den Urlaub. »So, genug an Rührseligkeiten, ich treffe mich mit Sarah zum Lunch in der Bar und du später dann ja mit Jack zum Eislaufen. Holt er dich ab?«

»Ja, so gegen ein Uhr.« Was perfekt war, denn Hannah hatte noch knapp zwei Stunden Zeit, die sie vorhatte, mit einem Roman im Bett zu verbringen. Sie liebte diesen Sonntag jetzt schon.

»Klingt gut.« Dana machte sich daran, das Geschirr abzuräumen, und Hannah half ihr dabei. Mittlerweile hatte Dana es sich abgewöhnt, Hannah deshalb zu tadeln, sie tat es ja trotzdem. Und Dana fand es toll, wie unkompliziert und hilfsbereit Hannah immer war.

Cooper hatte um die gleiche Uhrzeit bereits ein komplettes Workout in Daniels Fitnessraum hinter sich gebracht.

»Und? Fit für eine Sonntagssession?«, fragte ihn Daniel, als er frisch geduscht in Jeans, T-Shirt und Pullover ins Wohnzimmer kam.

»Heißt es nicht, am Sonntag sollst du ruhen?«

»Nein, sondern am siebenten Tag sollst du ruhen. Hast du denn sechs Tage durchgehend gearbeitet?«

»Diese Woche nicht, nein«, gestand Cooper, was Daniel ohnehin wusste.

»Siehst du, dann wird heute gearbeitet.« Daniel war im Flow. Und immer wenn er im Flow war, gab es für ihn nichts Wichtigeres als den nächsten Film. Gut … Abends vielleicht mal ein paar Mädels, etwas Alkohol oder was sonst noch verboten und gut war. Quasi als Belohnung, wenn er den nächsten Meilenstein erreicht hatte. Oder zumindest ein kleines Straßenschild, das nach vorne zeigte. Natürlich auch dann, wenn er unabsichtlich eine Einbahnstraße gewählt hatte. Aber abgesehen davon war er voll und ganz bei der Sache.

Wie jetzt.

Deshalb ärgerte es ihn auch besonders, dass sein Star es nicht war. »Wieso siehst du so aus, als hättest du keinen Bock? Unsere Session gestern in der Sauna ist doch phänomenal gut gelaufen, Cooper. Wir sollten dieses Momentum nutzen, meinst du nicht?«

»Ja, du hast ja recht. Aber ich habe meinen Kopf nicht frei. Ich muss noch einmal mit Hannah sprechen, verstehst du?«

Daniel hielt sich seinen Handrücken an die Stirn. »Gott, oh Gott! Immer diese Liebe. Ich weiß, warum sie für mich nur auf Film gebannt perfekt ist.«

Cooper ignorierte seine theatralische Geste. »Ich habe nicht von Liebe gesprochen, sondern nur davon, etwas mit Hannah klären zu müssen. Das ist alles.«

»Ach ja?« Daniel funkelte ihn an. Der schwarze Morgenmantel über der weißen Jeans und dem ebenfalls schneeweißen Strickpullover sah grässlich aus, fand Cooper, sagte aber nichts dazu.

Daniel legte seinen ausgestreckten Zeigefinger an die Schläfe und schlenderte um die Sitzgruppe herum. »Lass uns mal nachdenken. Welche Gefühle gibt es, die ein

Gespräch zu einem unaufschiebbaren Gespräch werden lassen?«

Cooper schüttelte den Kopf und nahm dankbar die Tasse Kaffee, die Li ihm am Tablett servierte.

»Willst du dich erschießen oder tatsächlich diskutieren, Daniel?«

»Ich habe dich nicht gehört. Also: Da wäre Angst. Gutes Motiv. Angst, das Haus zu verlieren. Klar, dann geht man zur Bank und drückt sich nicht davor. Oder Angst, dass irgendetwas den Bach hinuntergeht, wenn man nicht –«

»Schon gut«, unterbrach Cooper ihn. »Ich weiß, worauf du hinauswillst. Aber ich will einfach nicht, dass Hannah sich über etwas den Kopf zerbricht«, er zumindest tat es und dachte ständig über den Kuss nach, »das sich ganz einfach klären lässt. Sie ist doch auf Urlaub und soll ihn genießen können.«

Daniel ließ sich in den Ohrensessel fallen und sah zu Cooper hoch. Nun legte er seinen Zeigefinger an die Schläfe und drückte ab. »Also fünf Minuten vergeudet. Ich wusste doch, dass es sich um Liebe dreht. Wie hässlich. Aber geh schon.«

»Danke. Nur zu deiner Information, ich wäre auch ohne deine Zustimmung gegangen, Daniel.« Cooper grinste, trank seinen Kaffee aus und stellte die Tasse auf dem Couchtisch ab. »Und es geht nicht um Liebe.«

»Träum weiter«, erwiderte Daniel in einer Mischung aus Erschöpfung und Amüsement. »Geh, geh, geh! Und lass mich hier mit all meinen Ideen, die ihrer Geburt harren, einsam und schutzlos zurück.«

Cooper klopfte ihm auf die Schulter. »Du schaffst das, Daniel. Glaub mir.«

Und bevor Daniel die Hand vor seinen Augen entfernen konnte, war er bereits außer Sichtweite, denn Cooper war in die Küche zu Li gelaufen. »Kann ich die Autoschlüssel haben?«

»Klar. Liegen direkt neben dem Eingang auf der Kommode.«

»Danke«, meinte Cooper und klopfte ihm freundschaftlich auf den Arm. »Sorry, dass ich dich nicht mitnehmen kann, aber wenn ich dich noch einmal für einen halben Tag entführe, dreht er durch.«

»Ich weiß.« Li seufzte, freute sich gleichzeitig aber riesig darüber, dass Cooper überhaupt einen Gedanken an ihn verschwendet hatte. In Daniels Häusern gingen viele Stars und reiche Menschen ein und aus, aber noch nie hatte es einen interessiert, wie es um ihn persönlich oder die anderen vom Personal bestellt war. *Cooler Typ*, dachte Li versonnen und mixte einen grünen Smoothie für Daniel. Dass ihm währenddessen ein wenig Erde vom Basilikum hineinfiel, den er – wie auch andere frische Kräuter in kleinen Töpfen – hier auf der Arbeitsplatte stehen hatte, musste Li ja nicht unbedingt bemerkt haben.

Die Sonne schaffte es nur stellenweise, die dicke Wolkendecke zu durchbrechen, aber für Alaska war dieser Sonntag durchaus ein guter. Dementsprechend war bereits einiges los am kleinen See, der idyllisch etwas nach hinten versetzt am Ende von Moose Creek lag. Gleich hinter dem See, der nicht mehr als ein größerer Teich war, stand eine dunkelblau bemalte Hütte, die mit bunten Lichtern dekoriert war. Direkt daneben hatte jemand ein Zelt aufgebaut, in dem Punsch, Tee und Kaffee ausgeschenkt wurden. Auch Schokoladenkuchen gab es dort zu kaufen.

Hannah zwängte gerade ihre Füße ins harte Leder der Schlittschuhe, die sie sich in der Hütte bei Wilson geliehen hatte. Er war hier mit Abstand der Älteste, und mit seinem Bärenfellhut und den vielen fehlenden Zähnen sah er schon recht schräg aus, fand Hannah. Aber er war total nett. Immer wenn er auflachte, blitzte sein oberer Schneidezahn auf, der noch übrig war. Nach einem kurzen Gespräch hatte er für Hannah ein passendes Paar aus seinem Fundus herausgesucht, das nicht einmal so alt war.

Genau in dieses Paar Schuhe versuchte sie nun mit viel Mühe ihre Füße zu zwängen, die in dicken Socken steckten.

»Wieso habe ich diesen See nicht schon vorher gesehen?«, wunderte sich Hannah.

Jack schnürte ebenfalls gerade seine Schlittschuhe. »Keine Ahnung. Vielleicht weil du noch nie bis ans andere Ende von Moose Creek gelaufen bist?«

»Muss wohl so sein.« Hannah lachte. »Daran ist nur die Bar schuld. Ein quasi natürliches Hindernis auf dem Weg zur sportlichen Betätigung.«

»Ist es. Deshalb bin ich gegenüber eingezogen. Nur deshalb kann ich in beide Richtungen ausschwärmen«, meinte Jack mit einem Grinsen, stand auf und hielt Hannah die Hand hin. »Wollen wir es versuchen?«

»Klar. Ich finds übrigens cool, dass es hier auch Musik gibt. Damit habe ich überhaupt nicht gerechnet.«

»Ja, wenn es um ein gutes Unterhaltungsprogramm geht, scheuen wir weder Kosten noch Mühen.«

»Sieht so aus.« Hannah kicherte und stand mit wackeligen Beinen auf. Sie sah nach unten und verlor sofort den Halt. Schlitterte mit den Beinen vor und zurück, bis sie mit einem Schrei nach hinten fiel.

Aber Jack war zur Stelle. Fing sie auf. Und als er sie im Arm hielt und Hannah ihn so nach hinten gebeugt groß ansah, verlor er etwas anderes. Seine Beherrschung.

In ihren Augen spiegelte sich das Licht der Sonne, und sie sahen wie glitzernde Smaragde aus. Unwiderstehlich, wie auch das Dunkelrosa ihrer vollen Lippen.

Und dann küsste Jack Hannah. Mitten auf den Mund.

Sie riss die Augen noch weiter auf und wusste nicht, was sie denken oder fühlen sollte. Daher schloss sie die Lider, was Jack als eindeutiges Zeichen wertete, dass es ihr gefallen hatte. Und er küsste sie noch einmal.

Hannah wartete auf dieses Gefühl, das ihr jedes Mal den Verstand raubte, wenn Cooper sie geküsst hatte. Dieses Kribbeln im Bauch und leichte Ziehen weiter südlich, dieser leichte Nebel im Kopf, der ihr vorgaukelte, in genau diesem Moment alleine mit ihm zu sein. Ja, die Illusion erzeugte, die Welt um sie herum wäre stehen geblieben.

Doch nichts von alledem passierte. Gar nichts. Nur die Muskeln an ihrem Rücken meldeten sich, denn ihnen bekam die Anspannung nicht so gut.

Hannah schaffte es, sich aufzurichten, hielt sich aber nach wie vor an Jacks Oberarmen fest. Nach Momenten der gemeinsamen Sprachlosigkeit fasste sie sich ein Herz und hoffte inbrünstig, dass er das Gleiche wie sie gefühlt hatte: »Das war nichts, oder?«

Jack war ein wenig gekränkt. »Du denkst, unser Kuss war nichts?«

»Ja, äh, schon. Also irgendwie. Oder findest du, ich irre mich?« Das war ja so was von peinlich! Wieso hatte sie die Sache überhaupt kommentieren müssen? Sie sollte endlich mal lernen, einfach den Mund zu halten.

Dabei wusste Hannah ganz genau, dass sie sich nicht irrte, denn der Kuss war gar nichts außer kalt gewesen. Das lag natürlich nicht nur an Jack, sondern auch an den Temperaturen, aber abgesehen davon fiel ihr keine weitere Ausrede ein. Der Kuss war einer von denen, an die man sich bereits zehn Minuten später nicht mehr erinnern konnte. Er hatte nichts in ihr zum Schwingen oder Vibrieren gebracht. Selbst ihre Knie waren nicht weich geworden, allerdings waren sie das ja schon vorher. Sie waren jedoch ganz bestimmt nicht zu Pudding mutiert. Auf jeden Fall war klar:

Sie fühlte nichts. Nichts außer Kälte auf ihren Lippen. Eine unspezifische Kälte, wie an jedem anderen Tag hier auch. Natürlich außer in jenen Sekunden, in denen ihr heiß war. Und meist war Cooper daran schuld.

»Ich weiß nicht, Hannah, ob du dich irrst. Aber ich weiß auch nicht, was in mich gefahren ist. Im Moment weiß ich recht wenig.« Sosehr er sie vor ein paar Momenten begehrt hatte, so wenig tat er es jetzt. Jack wusste, was ein heißer Kuss voller Verlangen und Leidenschaft war. Und auch, dass das kein solcher Kuss gewesen war. Es war eher, als hätte er einen Schneemann abgeknutscht. Einfach trocken und kalt.

Jack brauchte eindeutig ein wenig länger, um sich zu erklären, warum er rein gar nichts gefühlt hatte. Hannah hatte ihm vom ersten Moment an gefallen. Sie war eine echte Schönheit und gar nicht eingebildet, manchmal tollpatschig und etwas zerstreut, aber sie hatte das Herz am rechten Fleck. Davon war er überzeugt. Und sie sah sexy aus mit ihrem breiten cremefarbenen Wollschal und der dazu passenden Mütze. Wieso also hatte er nicht das gefühlt, was er sich die ganze Woche über eingebildet hatte?

Unwillkürlich schüttelte Jack den Kopf. »Du hast recht, Hannah. Sorry. Ich dachte, du wärst es.«

Plötzlich musste Hannah lachen, und er stimmte mit ein.

»Bin ich froh, dass du es auch so siehst wie ich.« Sie schmunzelte. »Freunde?« Sie hielt ihm ihre rechte Hand hin.

»Ja, Freunde.« Nun grinste auch Jack.

Was war bezüglich Hannah nur in ihn gefahren? Er fühlte sich, als wäre er eben aus einem Traum erwacht und wusste nicht mehr, ob es ein guter oder böser gewesen war. Sicher war nur, Hannah war noch immer ziemlich hübsch. Aber sie hatte nicht so richtig tiefgründige Augen, wie Angel sie hatte. Was dachte er da schon wieder?

»Okay. Jetzt, da wir das geklärt haben, wie denkst du, komme ich unfallfrei aufs Eis, Jack?«

»Wir sind doch schon auf dem Eis. Viel besser ist der See auch nicht, der Schnee hinterlässt immer seine Spuren.«

»Oh.« Hannah musterte die Eisfläche etwas genauer und stellte fest, dass Jack recht hatte. Das hier war nicht wie ein Eislaufplatz in Wien, der spiegelte und völlig glatt war. Die Oberfläche war eher milchig und rubbelig. Das würde sie nie überleben.

Dennoch hob Hannah an der Hand von Jack einen Fuß vor den anderen und stapfte wackelig auf den Kufen durch den festgefrorenen Schnee. Es waren einige Menschen auf dem Eis, ein paar Burschen spielten am Rand Eishockey, und gleich daneben versuchte sich eine Handvoll Teenager im Eistanz. Plötzlich kam ihnen Angel entgegen. Sie fuhr in großem Tempo auf sie zu. Hannah hatte sie in dem weißen Anorak und der blassrosa Mütze zwischen den anderen nicht erkannt. Sie blieb stehen. »Angel! Schön, dass du ...«

Aber Angel zischte einfach weiter ans Ufer, direkt an Hannah und Jack vorbei, sprang ein paar Schritte auf den Kufen bis zur Bank und zog sich in Windeseile ihre Schuhe aus. Verdutzt sah Hannah Jack an. »Was ist denn mit Angel los?«

»Ich habe keine Ahnung.«

»Hilf mir, bitte. Ich muss mit ihr reden.«

»Wie du willst.«

Vorsichtig – jetzt ging es schon etwas schneller – balancierte Hannah zurück zu Angel. »Hi! Ich glaube, du hast mich nicht gehört.«

Wilson reichte Angel gerade ihre dicken Stiefel, in die sie, ohne Hannah auch nur eines Blicks zu würdigen, schlüpfte.

Dann sah sie hoch, und Hannah fuhr zusammen. Angel hatte Tränen in den Augen, sprang auf und lief wortlos weg. »Was ist denn ihr über die Leber gelaufen?«

Wilson beobachtete die beiden kopfschüttelnd, sammelte Angels Schlittschuhe auf und nahm sie mit in die Hütte. Man musste kein Detektiv sein, um eins und eins zusammenzählen zu können. Angel tat ihm leid, denn Hannah würde wieder abreisen, aber sie musste in diesem Dorf weiterleben.

Jack, der Hannah nicht loslassen konnte, da sie bestimmt wieder hingefallen wäre, war genauso verdutzt wie sie. »Wie gesagt, keine Ahnung.«

»Irgendetwas muss aber passiert sein. Hast du gesehen, wie böse Angel uns beide angeschaut hat?«

»Hab ich. Aber warum, weiß ich auch nicht. Und wenn es dir nichts ausmacht, hab ich genug für heute.«

Am Straßenrand traf Angel auf Cooper, der gerade aus dem Auto gestiegen war, denn er war auf der Suche nach Hannah. In der Pension war niemand gewesen, aber er hatte Dana in der Bar angetroffen, die ihm verraten hatte, wo er Hannah fände. »Angel! Ist Hannah hier?«

Erst wollte Angel an ihm vorbeilaufen, entschied sich dann jedoch anders und blieb stehen. Sie deutete nach hinten.

»Ja. Gleich da drüben zwischen Hütte und Zelt. Aber wenn ich du wäre, würde ich es lassen«, fauchte sie ihn an.

»Was lassen?«

»Na, zu ihnen rüberzugehen.«

Cooper blickte in Richtung des Zeltes, und entdeckte sofort Hannah und Jack, die Hand in Hand dastanden und miteinander redeten. Ihm drehte sich der Magen um, während Angel sich über die Augen wischte.

»Man sieht sich«, presste sie heraus und wollte schon zu ihrem Wagen laufen, aber Cooper hielt sie zurück. Ihm war nicht entgangen, wie aufgewühlt Angel war. »Was ist passiert?«

»Nichts!«, erwiderte sie mit schriller Stimme. »Sie haben

sich bloß vor allen geküsst.« Dann rannte sie davon, bevor Cooper etwas sagen konnte.

Er blickte noch einmal zu den beiden. Jack half Hannah gerade dabei, sich auf die Bank zu setzen. Sie wirkten vertraut miteinander. Wie eine Einheit.

»So ein Mist!«, schimpfte er, drehte sich um und trat auf dem Weg zurück zu Daniels Wagen gegen den Schnee. Diesmal ohne sich den Fuß dabei zu verletzen.

Nur ein paar Minuten später betrat Cooper die Bar. Er wollte von Angel genau wissen, was sie gesehen hatte und was zwischen Jack und Hannah lief. Aber sie war nicht da.

Stattdessen kam ihm George, der Koch, entgegen, den er sofort nach Angel fragte.

»Sie ist oben in der Wohnung«, erklärte ihm der stämmige Mann in der grauen Schürze und wischte sich mit dem Handrücken über seine hohe, leicht schwitzige Stirn.

»Ich muss mit ihr reden.«

»Das kannst du vergessen, Mann. Sie hat mich gebeten, länger zu bleiben, weil sie starke Kopfschmerzen hat.«

Wohl eher Herzschmerzen, dachte Cooper, dem ihre feuchten Augen nicht entgangen waren. »Ich muss trotzdem mit ihr sprechen, es ist wirklich wichtig.«

»Na gut, neben den Toiletten die Treppe hoch.«

»Danke, Mann.« Cooper klopfte ihm freundschaftlich auf den Arm. George nickte und trug das Tablett mit den beiden Clubsoda und den Sandwiches an den Tisch zu Marry und Will.

Dana hatte Cooper sofort gesehen, als er hereingekommen war, und ihn natürlich seither nicht mehr aus den Augen gelassen. Irgendetwas stimmte da nicht. Erst war Angel durchs Lokal geschossen und hatte nicht mit ihr sprechen wollen. Sie war auch gleich nach oben verschwunden, und jetzt stand Cooper verloren da und sprach mit George.

Sie erhob sich und ging zu ihm. »Und? Hast du Hannah denn nicht getroffen?«

»Ja und nein.«

»Was soll denn das heißen?«

»Angel hat mir geflüstert, dass sie und Jack ...«

»Was ist mit Jack«, wollte nun auch Sarah wissen, die sich neben Dana gestellt hatte. »Ich bin übrigens Sarah, Jacks Mutter.«

Auch das noch!

»Cooper, aber das wissen Sie ja, freut mich, Sarah. Und ja, sie haben sich geküsst«, stellte Cooper trocken fest, und plötzlich kam ihm die gesamte Situation absurd vor.

Als wäre er in eine schlechte Sitcom geraten. *Ich bin immer noch Cooper Preston!*

Und offensichtlich ein völliger Idiot, schalt er sich innerlich selbst. Ähnliches dachte auch Dana über sich. Sie hätte Cooper nicht verraten sollen, wo die beiden waren. Nun war sie an dieser Misere schuld! Und sie hatte damit ihre eigene Tochter verletzt, denn plötzlich wusste sie, wie sie Angels seltsames Verhalten deuten musste.

»Geküsst?«, rief Sarah mit strahlenden Augen aus. »Das ist ja wunderbar.«

»Sarah«, fauchte Dana ihre beste Freundin sofort an. »Siehst du denn nicht, dass das alles andere als wunderbar ist?« Dann packte sie Cooper am Arm. »Komm mit. Wir sprechen erst mal mit Angel, und dann klären wir das ganze Desaster hier.«

»Da gibt es nichts zu klären, Dana. Ich fahre zurück zu Daniel.«

»Jetzt sei nicht so stur, Junge! Wer weiß, was Angel sich da zusammengesponnen hat.«

Doch Cooper blieb einfach stehen, statt sich mit ihr auf den Weg nach oben zu machen. »Wieso? Angel wird doch wohl wissen, was sie gesehen hat?«

»Kann mir einer von euch erklären, warum das so eine Katastrophe ist, wenn Jack und Hannah sich geküsst haben«, mischte sich Sarah ein, die überhaupt nicht verstehen konnte, was hier vor sich ging. Gestern waren Dana und sie sich einig gewesen, dass die beiden ein schönes Paar abgeben würden und Jack durchaus seinen Spaß mit Hannah haben sollte, wenn sie das auch wollte. Nun wollte sie es, und plötzlich sollte das falsch sein?

Aber sie erntete von beiden bloß einen verärgerten Blick und ein energisches »Nein!«.

Cooper hatte seinen körperlichen Widerstand für diesen einen kleinen Moment aufgegeben, was Dana sofort ausnutzte, um ihn in Richtung der Treppe zu ziehen. »Cooper, ich bitte dich. Du willst ja auch wissen, was wirklich los ist, oder?«

Doch er blieb wie angewurzelt vor den Toiletten stehen. »Nein. Es ist mir egal. Das Ganze war ohnehin eine dämliche Schnapsidee von mir.«

Ein dumpfer Knall, der von oben aus Angels Wohnung kam, ließ die beiden zusammenzucken. Nach einer Schrecksekunde stürmten sie nach oben, und Dana riss die Wohnungstür auf.

»Angel!«, schrie sie.

Aber im Wohnzimmer war sie nicht. Doch der schwere Couchtisch lag verkehrt herum da und drei Kerzen am Boden.

»Angel! Wo bist du?«, rief Dana angsterfüllt und rannte direkt in das Schlafzimmer ihrer Tochter. Cooper ebenfalls.

»Da bist du ja, mein Engel!« Dana war mehr als erleichtert, Angel im Bett vorzufinden, auch wenn sie ihren Kopf unter dem Polster versteckte. Energisch nahm Dana ihr das Kissen weg. »Gehts dir gut? Bist du verletzt?«

Angel sah ihre Mutter aus verheulten Augen an. »Nein, bin ich nicht.«

Dana legte den Polster zur Seite, setzte sich auf die Bettkante und streichelte über die Decke, unter der Angel zusammengekauert lag. »Alles wird gut, du wirst sehen, mein Schatz.«

Doch Angel schüttelte den Kopf, schnappte sich das Kissen wieder und vergrub sich darunter.

Cooper stand etwas verloren in der Mitte des kleinen Zimmers, dessen etwas kitschige rosa und weiße Dekoration ihm gar nicht auffiel. Er hatte bloß das Gefühl der Enge. »Okay, wie ich sehe, ist Angel nichts passiert. Ich geh dann mal.«

Und als er sich umdrehte, stieß er direkt mit Hannah zusammen. »Du?«

»Gehts Angel gut?«, fragte sie besorgt.

»Nein, ich denke nicht. Aber das wird dir doch egal sein«, blaffte Cooper sie an und wollte an Hannah vorbei nach draußen gehen. Doch nun kam ihm auch noch Jack entgegen, der noch ein paar Worte mit seiner Mutter gewechselt hatte.

Hannah drehte sich zu ihm um. »Ja genau, und weil mir das alles so egal ist, bin ich hier, Cooper!«

Dann ging sie schnurstracks auf Dana und Angel zu und bedeutete Dana, aufzustehen.

Sie setzte sich zu Angel und begann zu reden. »Hey, es tut mir so leid, Angel. Ich wollte dich nicht verletzen, das weißt du hoffentlich.«

Bevor sie erklären konnte, was wirklich passiert war, hörte sie die Männer miteinander streiten. Sie sprang auf und lief zurück ins Nebenzimmer.

»Könnt ihr bitte damit aufhören?«, schrie sie beide an. »Und Cooper, nur damit das klar ist, zwischen Jack und mir läuft gar nichts. Wir sind bloß Freunde.«

Angel, die natürlich alles mithören konnte, wurde schlagartig richtig wütend. *Welche Nummer ziehen die beiden denn hier ab? Ist denen gar nichts mehr heilig? Kommen her und wollen was? Sich gut fühlen, indem sie uns allen ins Gesicht lügen?*

Sie fuhr hoch, warf die Decke auf den Boden und sprang auf.

»Habt ihr sie nicht mehr alle? Verschwindet!«, rief sie in Richtung Jack und Hannah.

Beschwichtigend kam Hannah auf sie zu. »Angel! Es war nicht so, wie du denkst!«

»Ach nein? Also, ein Kuss ist ein Kuss, da muss ich mir nichts extra ausdenken.«

Endlich kam auch Jack Hannah zu Hilfe. »Ja, es war ein Kuss, Angel, weil ich dumm war. Aber Hannah und ich haben sofort bemerkt, dass wir jeweils den Falschen geküsst haben.«

Jack ging auf Angel zu und sah ihr tief in die Augen.

Dann haben sie sich doch geküsst? Cooper hatte genug gehört, drehte sich um und rannte nach unten. Hannah zerriss es beinahe das Herz, aber sie konnte ihm nicht nachlaufen, denn erst musste sie die Sache mit Angel wieder in Ordnung bringen.

Angel sah von Jack zu Hannah, die dastand und nickte. »Bitte glaub ihm, Angel. Es war dumm.« *Von Jack*, fügte sie in Gedanken hinzu. »Und es war auch kein richtiger Kuss, also du weißt schon …«

Doch Angel blieb stur. Warum sollte sie das den beiden abnehmen? Jack und Hannah wollten doch nur, dass sie sich beruhigte. »Nein, weiß ich nicht, Hannah.«

Und dann ging Jack zum Erstaunen von Dana und Hannah auf Angel zu, zog sie in seine Arme und küsste sie. Erst trommelte sie noch auf seine Brust, dann gab sie jeden Widerstand auf, und zum Schluss sahen die beiden, wie sie ihr rechts Bein anzog und ihre Arme um seinen Nacken schlang.

Als Jack sie wieder losließ, war Angel sprachlos. Und atemlos. Überwältigt von den Gefühlen, die sie durchströmten. Ihre Lippen kribbelten noch immer, genauso wie ihr Bauch, und ihre Knie fühlten sich weich an.

»Das, Angel, ist ein richtiger Kuss«, raunte er in ihr Ohr. Alleine Jacks Atem an ihrer Haut zu spüren, erregte sie.

Dana nahm Hannahs Hand. »Ich glaube, die beiden wollen jetzt alleine sein.«

»Ja.«

Angel sah von Jack hin zu Hannah, löste sich von ihm und kam auf sie zu. Dann umarmte sie Hannah zu deren Verwunderung. »Danke.«

»Wofür? Dass ich deinen Tag versaut habe?«

»Nein.« Angel lächelte. »Dafür bestimmt nicht. Aber nicht jede wäre hergekommen, um die Sache aufzuklären.«

»Aber das ist doch selbstverständlich.«

Angel hielt Hannah noch an den Schultern und sah sich um. »Und wo ist jetzt Cooper?«

»Gegangen«, antwortete Hannah traurig.

»Dann lauf ihm nach.«

Das würde Hannah nur zu gerne, aber sie hatte seinen letzten Blick noch im Kopf. Er war voller Zorn und Enttäuschung gewesen. Cooper würde nicht mal mehr mit ihr sprechen, davon war sie überzeugt. »Nein, das wird nichts nützen. Aber mach dir keine Sorgen, es ist schon okay.«

»Nein, das ist es nicht. Du musst zu ihm fahren.«

Das würde sie nicht, sagte aber: »Ist schon gut, Angel. Jetzt genießt ihr beide erst einmal, dass ihr euch endlich gefunden habt.«

Das war ihr Einsatz. Dana nahm Hannah an der Hand, ging mit ihr nach draußen und zog die Tür hinter sich zu.

»Kindchen, Angel hat recht. Du musst zu Cooper fahren. Ich borge dir auch gerne meinen Wagen, allerdings steht der zuhause in der Garage.«

»Danke, Dana. Das ist lieb. Aber das zwischen Cooper und mir kann ohnehin nie funktionieren, und eine Urlaubsaffäre will ich nicht mehr.«

Dana sah Hannah von der Seite an und schwieg erst einmal. Sie konnte an Hannahs Gesicht ablesen, dass ihr gerade so einiges durch den Kopf ging, das sie sortieren musste.

Und das stimmte. Hannah wollte überhaupt nie mehr eine Affäre. Nach ihrem letzten Flop mit Michael, der verheiratet gewesen war und es nicht der Mühe wert gefunden hatte, ihr das innerhalb von vier Monaten zu sagen, war Hannah ein gebranntes Kind. Sie hätte nämlich wissen müssen, dass etwas nicht stimmte. Michael hatte meistens nur ein- oder zweimal die Woche Zeit für sie gehabt und dann auch nur für ein paar Stunden. Nie war er zu ihren Freunden mitgekommen, und als sie gemeinsam mit ihm nach Italien hatte fahren wollen, hatte er vorgeschoben, viel zu viel Arbeit zu haben. Er war Rechtsanwalt mit einer eigenen Kanzlei, also hatte sie es ihm geglaubt. Das Dumme war außerdem gewesen, dass sie im Internet nie über Bilder seiner Frau gestolpert war. Umso herber war ihre Enttäuschung gewesen, als ihr das eine Kollegin in der Agentur gesteckt hatte. Sie hatte das Ehepaar nämlich rein zufällig bei einer Vernissage getroffen. Für Hannah war damals eine Welt zusammengestürzt, aber das war über ein Jahr her.

Geblieben war ihr bloß, dass sie nie mehr eine halbe Beziehung wollte. Entweder ganz oder gar nicht. Sie konnte sich alleine bestens versorgen und hatte in Wien jede Menge guter Freundinnen. Hannah wusste, dass Cooper nur eine Affäre sein konnte. Mehr würde er nicht zulassen. Und selbst wenn, eine Fernbeziehung war auch nicht mehr als eine halbe Beziehung.

Womit sich gedanklich für Hannah der Kreis schloss.

Außerdem waren Dana und sie bei Sarah am Tisch angekommen.

»Und? Was hast du jetzt vor«, fragte Dana.

»Ich betrink mich mit euch, wenn das okay ist.«

»Wieso? Was ist denn nun wieder passiert?« Sarah war nur deshalb sitzen geblieben, weil Jack ihr eindeutig zu verstehen gegeben hatte, dass sie es tun sollte, nachdem sie ihm und Hannah verraten hatte, dass Angel oben in ihrer Wohnung war.

Seufzend ließ sich Hannah auf den Sessel fallen. »Gar nichts, nur dass Jack und Angel sich gerade geküsst haben.«

Sarah zog die Brauen hoch. »Sind wir hier in Sodom und Gomorrha? Was soll denn das? Erst küsst ihr beiden euch und jetzt auch noch Jack und Angel?«

»Lass gut sein«, meinte Dana sanft. »Manchmal muss man eben einen Frosch zu viel küssen, um den Prinzen oder die Prinzessin zu finden.«

»Ich wäre dann in diesem Fall der Frosch«, ergänzte Hannah trocken.

»Aber ich habe doch mit eigenen Augen gesehen, wie toll ihr beide euch versteht.« Sarah hing ganz eindeutig noch am Gestern fest.

»Tun wir auch.«

»Sarah! Findest du nicht, dass es einfach fantastisch ist, dass Angel und Jack einander gefunden haben? Unsere Kinder sind ein Paar! Vielleicht werden wir gemeinsam Omis.«

So weit hatte Sarah tatsächlich noch nicht gedacht. »Meine Güte! Du hast recht, Dana. Darauf trinken wir jetzt was.«

Einerseits war Hannah erleichtert, dass nun alles geklärt war, andererseits fühlte sie sich gerade unendlich einsam. Und zu allem Überfluss musste sie noch über eine Woche hierbleiben. *Wie soll ich das durchstehen?*

»Was kann ich euch zu trinken bringen?«, fragte George, der an den Tisch gekommen war, nachdem Dana ihm bedeutet hatte, dass sie etwas bestellen wollten.

»Wir trinken jetzt ein schönes Glas Weißwein«, stellte Sarah fest. »Den besten, den ihr habt. Das ist doch in Ordnung, Dana, oder?«

»Oh ja. Ist es.«

»Gut, und du, Hannah?«, fragte George nach.

»Was ist das wirkungsvollste und billigste Getränk, mit dem ich den ganzen Nachmittag hier verbringen kann?«

George sah sie mit großen Augen an. »Oh, oh. Also, ich würde dir zu Wein oder Bier raten, mit allem anderen fegst du dich viel zu schnell weg.«

»Okay, dann bitte ein Bier und einen Shot. Und bitte, kein Wort mehr über Cooper und Jack, ja?«

Sarah und Dana schickten einander vielsagende Blicke. »Klar.« Um irgendetwas zu sagen, fragte Sarah: »Und? Wie war das Eislaufen selbst? War der See sehr holprig?«

Hannah ließ ihren Kopf auf den Tisch sinken und vergrub ihn unter ihren Armen. »Ich war nicht eislaufen.«

»Oh.« *Das wird ein anstrengender Sonntagnachmittag,* dachte Sarah. Aber es waren nicht lähmende Gespräche mit einer zunehmend alkoholisierten Hannah, die den Nachmittag und auch Abend für eine von ihnen anstrengend machen sollten.

9

Als Cooper Daniels *Earthship* erreichte, ging gerade die Sonne unter. Ziellos war er einfach durch die Gegend gefahren und sogar in einer Kleinstadt gelandet. Aber nachdem er das erste glückliche Pärchen am Straßenrand gesichtet hatte, hatte er umgedreht und einsamere Routen gesucht und gefunden. Irgendwie, er wusste nicht einmal wie, war er wieder hier gelandet.

Nun parkte Cooper den Wagen vor der Garage und ging den leicht geschwungenen Weg nach oben.

Li hatte schon das Auto gehört und öffnete ihm die Eingangstür. »Willkommen zurück, Sir.«

»Danke, Li. Hier ist der Schlüssel.« Li nahm ihn entgegen. »Wo ist Daniel?«

»Im Klavierzimmer. Erster Stock, nicht zu verfehlen.«

»Danke.«

Cooper schlüpfte aus der Jacke, die ihm Li abnahm, und ging die Wendeltreppe in der Mitte des kreisförmigen Gebäudes nach oben. Das gesamte Stockwerk war ein einziger großer Raum, der rundum verglast war, und durch die Glaskuppel konnte man den Abendhimmel sehen. An der Holzverkleidung der Treppe waren silberne Stühle mit Sicht nach draußen angebracht, die an ein Raumschiff erinnerten. In einem Segment des Kreises stand ein Klavier, an dem Daniel saß, und vorne an der

Fensterfront eine lange, perfekt eingepasste cremefarbene Couch.

Doch Cooper setzte sich nicht hin. Daniel sah grinsend zu ihm hoch, spielte den Jazz-Standard aber weiter.

»Schon zurück? Ich habe dich erst viel später erwartet.« Er taxierte Cooper und ahnte, dass es mit Hannah nicht sonderlich gut gelaufen war.

»Ja, so kann man sich irren.«

Hat er damit mich oder sich selbst gemeint, wunderte Daniel sich, überging diese Aussage aber. »Setz dich. Ich habe heute einige Dialoge in der dritten Szene geändert.«

»Klingt gut. Ich nehme sie mit und lese sie im Flugzeug.« Daniel fuhr über die gesamte Tastatur und schlug den Deckel zu. »Flugzeug? Wo willst du denn hin?«

»Zurück in die Sonne. Mir ist das hier zu düster. Wenn du willst, komm mit, und wir arbeiten auf St. Barths weiter.«

Nun musste Daniel schlucken, um nicht gleich loszuschreien. So beherrscht wie möglich entgegnete er: »Wir hatten doch vereinbart, dass wir eine Woche lang hier arbeiten, wo uns niemand stört.«

»Richtig. Und Letzteres war eine Fehlannahme, denn alleine zu wissen, dass Hannah am gleichen Ort ist, stört mich. Also was ist: Kommst du mit in die Karibik?«

»Nein! Natürlich komme ich nicht mit in die Karibik. Du kennst mich: Die Sonne, die heißen Girls am Strand, mit einem Dauerständer kann ich nicht arbeiten.«

Cooper fuhr sich entnervt durchs Haar. Wurde dieser Mann jemals erwachsen? »Dann geh eben nicht vors Haus. Mein Strand ist privat, da triffst du ganz bestimmt keine heißen Girls.«

Nun schüttelte Daniel den Kopf. »Und wozu hast du dir dann diese Villa gekauft? Ich meine, wo liegt der Sinn in so einer Investition, wenn dir da keine süßen Mädels in heißen Bikinis die Cocktails servieren?«

Und nicht nur das. Daniel grinste alleine bei dem Gedanken, wie er von hinten auf einen dieser knackig braungebrannten Hintern griff und eine kleine Olive zwischen den Brüsten versenkte, um sie dann zu suchen.

Nie hätte Daniel mit dem gerechnet, was nun von Cooper kam. »Sag mal, hat dir jemals einer gesagt, welches Jahr wir schreiben und dass die Siebziger vorbei sind?«, schrie er Daniel an. »Aber wenn du hierbleiben willst, bitte. Schon okay, und definitiv besser für dich, außer du willst im Knast landen. Außerdem will ich dich daran erinnern, dass du hier dummerweise auch keine heißen Girls hast. Also warum schießt du immer mich mit diesem Thema an?«

»Wuuuhhh! Jetzt mach mal halblang. Wer ist dir denn auf den Schlips getreten?« Daniel wusste es, aber irgendwie musste er Cooper beruhigen. So hatte er ihn noch nie erlebt, denn an sich war Cooper die Ruhe in Person, und jeder liebte ihn dafür.

»Niemand. Ich check mir jetzt einen Flug.« Ob Helikopter oder Wasserflugzeug war ihm egal, Hauptsache, irgendjemand befreite ihn aus dieser finsteren Hölle.

»Das kann Li für dich machen, aber vor morgen kommst du hier nicht weg«, wandte Daniel ein.

»Wieso?«

»Weil das hier Alaska ist, mein Freund, und nicht platt wie Florida. Hier fliegt kein Pilot freiwillig in der Nacht herum, und schon gar keiner landet im Stockdunklen auf einem Fluss.«

Leider ergab das Sinn, und Cooper hatte es auch gewusst, aber verdrängt. »Weiß ich doch, ich stamme ja aus Montana.«

Allerdings verstärkte sich damit das Gefühl bei Cooper, hier gefangen zu sein. Es erinnerte ihn zu sehr an früher, als er bereits als Teenager alles dafür getan hätte, irgendwie nach Los Angeles zu kommen. Gelungen war ihm das jedoch erst nach dem College.

Daniel legte seinen Arm um Cooper. »Lass uns hinunter auf einen Drink gehen, und dann reden wir in Ruhe darüber.«

»Du musst mit mir nicht sprechen, als wäre ich krank oder drei Jahre alt.«

»Tu ich auch nicht. Ich rede mit dir, als wärst du verrückt und knappe siebzehn.«

Cooper sah in Daniels lachende Augen. »Du kannst einen echt nerven, weißt du das?«

»Ja, und ich liebe dich auch, Darling. Also: Ich schlage einen von den guten alten Whiskys vor, aber wenn dir nach etwas anderem ist, das haben wir sicher auch in unserem Weinkeller.«

»Whisky ist gut.«

Daniel klopfte Cooper auf die Schulter. »Geht doch.«

Das stimmte nicht ganz. Erst als Li alle Möglichkeiten gecheckt hatte und dann einen Flug gleich zu Mittag bei Steve nach Anchorage gebucht hatte, entspannte sich Cooper ein wenig und erzählte Daniel auf dessen Drängen irgendwann doch von Hannahs und Jacks Kuss, vom Eislaufplatz und von dem, was sich bei Angel abgespielt hatte.

Als er fertig war, lehnte Daniel sich zurück, spreizte Zeigefinger und Daumen und hielt beide an die rechte Seite seines Gesichts. Dann stellte er nüchtern fest: »Du hast das Kino also verlassen, bevor der Film zu Ende war?«

»Nein, habe ich nicht. Es war doch schon alles gesagt.«

»Gott!« Daniel stöhnte auf und beugte sich in Coopers Richtung. »Pass auf: Mädchen trifft Jungen. Sie verlieben sich ineinander, wissen es aber nicht. Daher beobachten wir sie bei Kleinigkeiten. Sie lachen über Entenkücken, spritzen sich unabsichtlich mit einer Cola an, steigen einander beim Tanzen auf die Füße. Na, du kennst ja den Kram.« Daniel ließ Cooper keine Zeit, ihn zu stoppen. »Nun ... Dann der erste Kuss. Sie laufen ineinander, werden im Fahrstuhl eingesperrt oder begegnen einander am Eislaufplatz. Egal. Tja und dann bemerken sie die Tränen der Nebenbuhlerin.« Cooper lauschte kopfschüttelnd. Ja, Daniel war irre. »Was macht unser nun vermeintlich glücklich vereintes Paar? Natürlich! Sie laufen ihr nach, flehen sie an, dass sie doch mit ihrem Kuss einverstanden sein soll und ...«

Nun legte Daniel die erste Pause ein.

»Was und?«

»Siehst du? Ich sag doch, du bist abgerissen, bevor der Film zu Ende war.«

»Bin ich nicht.«

»Doch. Denn ich sag dir, wie so ein Film enden könnte.«

»Bitte, tu, was du nicht lassen kannst.« Cooper nahm einen kräftigen Schluck vom Whisky. Ohne Alkohol würde er das hier bestimmt nicht weiterhin stoisch ertragen können.

»Also, entweder so: Die Nebenbuhlerin muss erkennen, dass der Kuss der beiden bedeutungslos war, da sie die Richtige für ihn ist, denn der Filmemacher hat uns ganz perfide in die Irre geführt. Das Glück unseres Mädchens liegt nämlich in Wirklichkeit in den Armen des unscheinbaren Jungen, der schon immer neben ihr war, den sie aber nicht bemerkt hat. Dann große Schlussszene: Bumm, die beiden Paare gehen eng umschlungen in den Sonnenuntergang. Jeder Topf hat den richtigen Deckel gefunden und aus.«

»Dein Vergleich trifft ja wohl eher auf Angel und Jack zu als auf Hannah und mich.«

»Meine Herren! Besitzt du nun Fantasie und die Gabe, selbstständig etwas weiterzudenken, oder nicht?«

»Doch, aber wir sprechen hier vom echten Leben, das dir völlig fremd ist, wie es scheint. In unserem Fall gibt es vier Verlierer.«

»Nun ... Auch das wäre ein mögliches Ende«, erklärte ihm Daniel ungerührt. »Vermutlich eines, das ich für diesen Film wählen würde, aber dennoch: Ich spüre in meinem kleinen, für sein Alter verdammt knackigen Arsch, dass in eurem Fall die andere, kitschigere Version die richtige ist.«

Cooper konnte nur mehr den Kopf schütteln. »Etwa so, wie du dachtest, dass die Aliens dich als Freund betrachten müssten und dich hier besuchen kämen, wo du dir doch so viel Mühe gegeben hast, eines ihrer Schiffe nachzubauen?«

»Lach nur über den Narren, mein Freund, doch dieser Tag wird kommen. Und bis dahin mache ich mich mit dem größten Vergnügen zum Gespött der Uninformierten, der Zyniker und Realitätsverweigerer. Selbst das Pentagon hat zugegeben, dass es dieses *Phänomen* gibt.«

»Davon weiß ich nichts, aber sicher ist, du kannst dir das alles leisten, denn du bist eine lebende Legende. Mit drei Regie-Oscars in der Tasche kannst du dir ein Haus auf dem Mond bauen, und es ändert nichts mehr an deinem Vermächtnis.«

»Sagt wer?«, konterte Daniel. »Der Mann mit den meisten Nominierungen der letzten fünf Jahre?«

»Genau. Nominierungen, nicht Auszeichnungen.«

»Und? Das ändert was? Du, Cooper, bist mehr Legende als ich. Dein Gesicht kennt man. Wenn ich mich nicht kleide, wie ich es tue, erkennt mich kein Schwein.«

»Gut für dich.« Cooper grinste zum ersten Mal, seit sie diese sinnentleerte Diskussion führten.

»Nein, gar nicht gut für mich. Was denkst du, warum ich müde geworden bin, mir hübsche Mädchen aufzureißen? Ich bin es leid, erst auf meine traurige Lebensgeschichte, dann auf meine Erfolge und zum Schluss auf meine Kohle hinzuweisen. Du hingegen ...« Daniel sah auf. »Was ist, Li? Wir führen hier gerade ein wichtiges Gespräch.«

»Dann kommen wir ja zum richtigen Zeitpunkt«, erklärte Jack schroff und stellte Hannah, die es aufgegeben hatte, ihm auf den Hintern zu schlagen, direkt vor Daniel und Cooper ab. Angel trippelte hinter ihnen her und war nun auch im Wohnzimmer angekommen.

»Ja, das wollte ich euch sagen: Jack, Angel und ähm … Hannah sind hier.« Li verzog sich, so schnell er konnte, denn diese Szene musste ja in einem Drama enden.

Cooper war aufgesprungen, Daniel dagegen lehnte sich wieder hochamüsiert in seine *Star-Trek*-Variante eines Ohrensessels zurück.

»Beruhige dich«, erklärte ihm Hannah ohne Umschweife. »Die beiden Wahnsinnigen hier haben mich entführt. Ich will sowieso gleich wieder gehen.« Dann drehte sie sich zu Jack um und schrie: »Wenn man mich lässt!«

Angel wollte Hannah besänftigen, aber sie wehrte sich. Statt Hannahs nahm sie dann Jacks Hand in ihre. »Niemand geht hier irgendwohin. Cooper, sie ist in dich verliebt und nicht in Jack. In den habe ich mich nämlich verliebt.«

»Du bist verliebt?«, fragte Jack ziemlich verunsichert nach. Für seine Begriffe ging das alles etwas zu schnell.

»Ja, was denkst du denn, warum ich dich geküsst habe? Aber egal, das ist jetzt nicht das Thema.«

Das beruhigte Jack wieder, denn er hatte schon gedacht, er müsste das Angel nun vor allen hier sagen, und dazu war er definitiv noch nicht bereit. Er hatte genug damit zu tun, um zu verarbeiten, dass aus Angel, seiner *besten* Freundin, plötzlich Angel, seine *Freundin*, geworden war. »Okay.«

»Könnt ihr mal aufhören?«, mischte sich Hannah lautstark ein. »Cooper, es tut mir leid, dass die mich hergeschleppt haben! Ich habe ihnen die ganze Fahrt über erklärt, dass wir uns nichts zu sagen haben, aber sie wollten mir nicht glauben.«

Cooper war geflasht. Von diesem Auftritt, vor allem aber

wie Hannah gerade vor ihm stand. In diesem dunkelgrünen Mini-Strickkleid, den dicken schwarzen Strumpfhosen und Boots sah sie zum Anbeißen aus. Ihre roten Wangen, ihr Mund war ebenso etwas rötlicher als sonst, und ihr stechender Blick aus ihren giftig funkelnden grünen Augen traf ihn irgendwo zwischen Herz und Kronjuwelen. Vor allem weil sie sich redlich bemühte, so schnell wie möglich von hier wegzukommen, und wild gestikulierend wie ein Wasserfall redete. Sie sprach noch immer. *Sie ist einfach heiß, und zwar in jeder Situation.*

Aus dem allgemeinen Gemurmel stach plötzlich Daniels Stimme hervor. »Ich wusste doch, die letzte Klappe war noch nicht gefallen.«

Leider verstand Hannah ihn falsch. »Gut, wenn du willst, dann halte ich eben die Klappe.«

Sie drehte sich um und lief nach draußen.

Daniel deutete in die Richtung, in die Hannah verschwunden war. »Das mit dem Weglaufen ist ein echtes Problem.«

Jack und Angel sahen zu Cooper. Dann riss Angel der Geduldsfaden. »Wenn du jetzt nicht deinen Hintern bewegst, dann kannst du sie wirklich vergessen!«

Und Cooper lief los.

»Sehr brachial, aber wirkungsvoll. Gut gemacht, Leute! Kann ich euch einen Drink anbieten?«

»Kannst du.« Jack seufzte und ließ sich auf dem Sofa nieder.

Angel dagegen schaute sich interessiert um. Sie kannte das Haus nur von außen und hätte nie gedacht, dass es im Inneren so beeindruckend sein könnte. Und so gemütlich, obwohl alles irgendwie hypermodern und teuer aussah. »Das nenn ich mal eine Hütte.«

»Oh nein, Angel. *Earthship Dee One* ist alles, nur keine Hütte. Nenn es ›Vision‹, nenn es ›Gruß aus der Zukunft‹, nenn es ›ein Zeichen der Verbundenheit an meine grau-

en Freunde‹, ist mir alles recht. Aber nenn es bitte nicht
›Hütte‹.«

Angel grinste. »Ist mir alles zu kompliziert. Funktioniert
›Villa‹ für dich auch?«

»Nein, keinesfalls. Erklär ihr das, Li. Li?« Daniel sah sich
um. »Wo ist der denn wieder?« Da er seinen persönlichen
Assistenten nicht entdecken konnte, drückte er auf einen
der Knöpfe auf der Armlehne. »Li, wir bräuchten bitte noch
ein paar Drinks.«

»Wow! Das ist ja cool.«

»Nun ja, einfach eine Intercom. Nichts Besonderes.« Daniel zwinkerte ihr zu und stellte erfreut fest, dass Li soeben
aufgetaucht war.

Li war es weniger, denn er hatte mithören können und
so was von gar keine Lust, Angel sämtliche Ansichten und
vermeintliche Einsichten Daniels über alle möglichen und
sicher nicht möglichen Bezeichnungen für dieses Haus zu
erklären. Daher bot er ihr sofort einen Drink an. Selbst hatte
er auch einen nötig.

Cooper erwischte Hannah im Vorraum, wo sie sich gerade ihren Mantel überwarf, den Angel ihr ausgezogen hatte.

»Wo willst du denn hin?«

»Mich den Bären zum Fraß vorwerfen«, erwiderte Hannah schroff und öffnete die Tür. Mittlerweile war sie drüber.
Der ganze Alkohol, dann Jack, der sie schon wieder einfach
geschultert und ins Auto verfrachtet hatte. Die Schreiduelle
mit Jack und Angel im Wagen und jetzt der Auftritt hier, all
das war zu viel für sie gewesen. Daher war sie nun die Ruhe
in Person, und ihr war, als stünde sie neben sich und könnte
dieses ganze Spektakel aus der Vogelperspektive beobachten. Vielleicht an den Schnüren ziehen und sich selbst wie
eine Marionette tanzen lassen. Wenn sie wollte. Jetzt aber
wollte sie an die frische Luft, die ihr eisig entgegenströmte.
Sie ließ den Mantel fallen und ging einfach nach draußen.

Cooper riss den nächstbesten Anorak aus dem Garderobenschrank und lief ihr nach.

»Hör mal, du holst dir den Tod. Das ist der falsche Zeitpunkt für einen Spaziergang.«

Hannah blieb zwischen den kniehohen Lampen stehen, die den Weg zum Haus beleuchteten. Sie breitete ihre Arme aus und sah nach oben. Doch in der Sekunde senkte sie ihre Arme enttäuscht wieder.

»Zu viel Lichtverschmutzung«, murmelte sie, lief plötzlich nach unten und hinaus auf die kleine Lichtung, die vor dem *Earthship* lag.

Cooper rannte ihr nach. »Bleib stehen!«

»Wieso? Sieh mal, hier ist der Himmel viel schöner.«

Hannah drehte sich mit ausgebreiteten Armen im Kreis und blickte verzückt nach oben.

Sie ist betrunken, schoss es Cooper in den Sinn. Auch, dass das die gefährlichste Mischung gemeinsam mit dieser Eiseskälte war. Er ging die paar Schritte auf Hannah zu und blieb direkt vor ihr stehen. »Hannah, der Himmel ist toll, aber wir sollten wieder ins Haus gehen.«

Doch sie ignorierte, was er sagte. »Schau mal, dort, ist das die Venus?«

Cooper blickte ebenfalls nach oben. Besonders viele Sterne waren noch nicht zu sehen, denn die Sonne war erst vor rund einer Stunde untergegangen. »Ja, könnte sein.«

Dann drehte Hannah sich plötzlich zu ihm um. »Warum bist du mir nachgelaufen?«

Cooper, dessen Hände mittlerweile eiskalt waren, antwortete, ohne nachzudenken: »Weil ich dich beschützen muss.«

»Beschützen? Mich?« Hannah lachte laut los. Und selbst Cooper fand seinen Satz im Nachhinein ein wenig eigenartig. Wieso hatte er das und nicht etwas anderes gesagt?

Doch dann wusste er, der Satz war genau der richtige gewesen. Er zog Hannah in seine Arme, packte die Seitenteile des Anoraks um sie herum und rubbelte ihren Rücken mit seinen Händen. »Ja, dich. Nicht, weil du nicht auf dich aufpassen kannst, sondern bloß vor all denen da draußen, die vielleicht der Meinung sind, dass wir nicht das Traumpaar schlechthin sind.«

Hannah sah ihn überrascht an. Traumpaar? Er hielt sie beide für ein Traumpaar?

»Vielleicht hast du recht, Cooper, und wir sind genau das: ein Paar in meinen Träumen. Aber Träume werden nie Wirklichkeit.«

»Das stimmt nicht«, flüsterte er in ihr Haar, denn er hatte Hannah ja bereits eng an sich gezogen. Ihren warmen Körper zu spüren, sie riechen zu können, all das sog er ein, und es machte ihn glücklich. So glücklich, dass er ewig mit ihr hier stehen geblieben wäre. »Manchmal werden Träume wahr. Wir sind doch tatsächlich hier.«

»Stimmt. Sind wir. Noch dazu ausgerechnet in Alaska.«

»Ja, und unter der Venus. Wie unwirklich ist das, und dennoch ist es wahr?«

Plötzlich sah Hannah ihn ernst an, das erkannte er trotz des wenigen Lichts. »Jack hat mich geküsst. Und das war gut so.«

Cooper folgte nicht seinem ersten Impuls, sie sofort loszulassen und nach oben zu laufen. *Das ist nicht die letzte Szene*, ermahnte er sich zu mehr Geduld. »Und warum?«

»Weil ich so herausfinden konnte, obwohl ich es gar nicht wollte, dass du es warst, der mir den besten Kuss meines Lebens gegeben hat.«

Hannah wusste nicht, warum sie so ehrlich zu ihm war. Vielleicht weil ihr all das hier so unwirklich erschien?

»War? Wenn es der beste Kuss deines Lebens gewesen sein sollte, dann würde ich an deiner Stelle sichergehen wollen. Nicht, dass du dich geirrt hast.«

Und sie tat, was er gehofft hatte. Hannah küsste ihn. Erst ganz vorsichtig, doch dann übernahm Cooper die Führung und ließ sie spüren, was er ihr schon am Nachmittag hatte sagen wollen: Dass sie etwas Besonderes war. Dass es ihn unrund machte, wenn sie nicht bei ihm war, und er jeden Tag seit ihrem letzten Zusammentreffen in Wien an sie gedacht hatte. Er wollte ihr auch gestehen, dass er sogar ein paarmal eine E-Mail an sie verfasst, aber nicht abgeschickt hatte. Und sie sollte mit diesem Kuss spüren, dass er herausfinden wollte, wohin sie das alles gemeinsam führen würde.

»Wow!« Hannah war völlig fertig. Wieder überwältigte sie dieses Kribbeln und Ziehen, denn ihr Körper stand bereits in Flammen. Der in ihr schlummernde Vulkan wollte ausbrechen. Ihm die Kleider vom Leib reißen und ihn in sich spüren. Aber je mehr sie zu sich kam, desto lauter wurde wieder diese warnende Stimme in ihrem Kopf. *Seine Welt ist nicht deine Welt, und sie wird es niemals sein!*

Cooper strich ihr über die Wangen. »Du bist wow!« Auch er sah sich schon mit Hannah im Schnee wälzen, doch seine Vernunft siegte. »Komm, wir müssen zurück. Es ist einfach zu kalt.«

»Aber dafür eine klare, mondlose Nacht.« Hannah schmunzelte, ließ es jedoch geschehen, dass er sie an der Hand nahm und mit ihr den kurzen Weg zurück zur Haustür lief.

Erst als Cooper ihr drinnen den Anorak abnahm, fuhr Hannah plötzlich die Kälte in ihre Glieder.

»Du zitterst ja.«

»Mir ist leider tatsächlich saukalt.«

»Komm her.« Cooper versuchte, Hannah warm zu rubbeln, aber sie bibberte noch immer.

Li kam ums Eck.

»Oh, da ist jemandem aber kalt.«

»Ja, kannst du Hannah vielleicht einen heißen Tee machen?«

Li legte einen Finger auf den Mund. »Ja, kann ich. Heißen Tee oder heiße Schwitzhütte. Sauna ist besser.«

»Ihr habt hier eine Sauna?« Hannah war auch im Hallenbad immer gerne in die Sauna gegangen.

»Ja, drüben in der Wellnessoase.«

»Da gibt es noch ein Haus?«

»Ja, rechts hinten, gleich zwischen den Bäumen hat Daniel ein kleineres UFO gebaut, das alles drinnen hat: Dampfbad, Sauna, Whirlpool, Liegen und einen kleinen Pool.«

An ihren Augen sah er, dass das jetzt genau das Richtige war. »Li, könntest du dafür sorgen, dass uns niemand drüben stört?«

»Klar.« Li grinste. »Und wenn ihr etwas braucht, ruft mich an.«

»Danke, du bist großartig.« Das war er. Denn das Nächste, was Li tat, war, Steve anzurufen und den Flug für Cooper am nächsten Morgen zu canceln.

Hannah dagegen schlüpfte nun doch in den Mantel und folgte Cooper. Und tatsächlich. Etwas erhöht stand eine zweite fliegende – oder eben nicht fliegende – Untertasse. Kleiner als das Haupthaus, aber ebenfalls komplett verglast. »Das hier hat auch eine Glaskuppel, da kannst du die Sterne sehen, wenn wir das Licht ausschalten.«

Hannah war sprachlos, so etwas hatte sie sich nicht einmal in ihren kühnsten Träumen vorstellen können. Alles war cremefarben verfliest, was perfekt zum Ton des Holzes passte, und die einzelnen Bereiche waren geschickt ineinander verschachtelt. Cooper drehte die Musikanlage auf und dimmte das Licht.

»Nimm du die erste, ich nehme die zweite Umkleidekabine«, schlug Cooper vor. Er wollte Hannah jetzt mit nichts überfordern, denn sie war echt unterkühlt.

Daher zogen sich beide in den Kabinen aus und wickelten sich in die blütenweißen Handtücher, die dort, wie auch frische weiße Bademäntel, bereitlagen.

Cooper wartete schon auf Hannah, als sie herauskam, nur das Handtuch um ihren Körper gewickelt und über dem Busen umgeschlagen und fixiert. So kalt ihr auch war, Hannah konnte nicht anders, als kurz seinen Waschbrettbauch und seine Muskeln an der Brust und den Armen zu bewundern.

Cooper grinste. »So siehst du aus, wenn du einen Actionfilm spielen musst und über ein Jahr lang von deinem Personaltrainer gequält wurdest.«

Hannah schlüpfte in den Bademantel, den sie über dem Arm getragen hatte. Dann sah sie ihn an. »Und so ziehst du dich in der Sauna an, wenn du regelmäßig mit Gummibärchen vor dem Fernseher einschläfst und nicht wahrhaben willst, dass es in Alaska kalt sein könnte.«

»Ich liebe deinen Humor.« Cooper lachte, aber das wusste er schon lange. Dann küsste er sie wieder, und obwohl Hannah sich irgendwie vorgenommen hatte, nicht zu weit mit ihm zu gehen, damit sie nicht unendlich leiden musste, wenn er sie wieder verließ, vergaß sie alles. Sie lag in seinen Armen, er hob sie hoch und trug sie in die Sauna.

Geschickt öffnete Cooper mit seinem bloßen Fuß die Holztür der Sauna, von der aus man nur die beleuchteten Bäume hinter dem Haus sah. Die gebogene Glasfront war toll. Vermittelte die Illusion, eins mit der Natur zu sein.

Cooper setzte Hannah direkt vor der Scheibe ab, und sie lehnte sich ans dicke Glas. Doch bevor Hannah endlich wärmer wurde, wurde ihr erst noch kälter, und sie zitterte noch stärker als zuvor.

»Du bibberst ja noch immer.« Cooper rutschte zu ihr und zog Hannah, die ihre angewinkelten Beine umarmt hielt, an sich.

»Ich weiß auch nicht, so kalt war mir noch nie, seit ich hier bin.« Das Thermometer zeigte fünfundachtzig Grad Celsius und hundertfünfundachtzig Grad Fahrenheit.

»Dann muss ich dich wohl etwas aufheizen.« Und das tat er.

Er massierte erst ihre eiskalten Füße und begann dann, jeden Zentimeter ihrer Beine zu küssen. Als er in etwa der Mitte ihrer Oberschenkel angekommen war, riss sich Hannah den Bademantel vom Leib. Ihr war einfach zu heiß. Ohne dass sie es bemerkt hatte, hatte sich ein feuchter Film auf ihrer Haut gebildet, aber auch auf der von Cooper, der gerade leidenschaftlich mit ihr schmuste, aber plötzlich innehielt.

»Das hier wird zu heiß und unbequem«, meinte er. »Komm.«

Sie liefen nach draußen, wo im Zentrum des Kreises ein Whirlpool unter der Glaskuppel stand. Er drehte noch am Hauptschalter alle Lichter ab und stieg mit ihr ins superwarme sprudelnde Wasser.

»Ist das herrlich!«, schwärmte Hannah.

Und ab da hörten beide zu denken auf. Bekamen nicht mit, dass Angel und Jack in den Wagen stiegen und in die dunkle Nacht davonfuhren, und auch nicht, dass Li Daniel vorschlug, nur die nötigsten Lichter anzulassen.

Schmunzelnd nickte Daniel. »Du hoffst auf die Polarlichter?«

»Ja. Heute ist die Nacht völlig klar, und wir haben Neumond.«

»Okay. Ich ruf dich von oben an, wenn ich im Bett bin.« *So einen Freund wie mich muss man erst einmal haben*, dachte Daniel. Aber ihm gefiel die Idee, dass die beiden sein *Moonship* richtig rockten, viel zu gut, um auf Licht zu bestehen. Außerdem war er ohnehin müde. Gestern Nacht hatte er wieder ein wenig übertrieben, und er wurde nicht jünger. Leider.

Als Li die Außenbeleuchtung abdrehte, waren Hannah und Cooper gerade so damit beschäftigt, den Körper des jeweils anderen zu erkunden, dass sie es nicht einmal bemerkten.

Hannah hielt sich mit beiden Händen an einem Griff fest, der irgendwo hinter ihr am Whirlpool montiert war, und bäumte sich Cooper entgegen. Er hielt ihre Hüften umschlungen und saugte knapp über der Wasseroberfläche an ihrem Busen. Vor Lust schrie Hannah auf, was Cooper nur noch weiter anspornte, sie in den Wahnsinn zu treiben. Was er tat, indem er tief Luft holte, abtauchte, sie unter Wasser küsste und kleine Luftblasen auf ihre empfindlichste Stelle blies.

Mit einer Hand zog Hannah seinen Kopf noch enger zwischen ihre Beine und wusste nicht mehr, wie sie sich bewegen sollte, so sehr erregte er sie immer weiter.

Als Cooper auftauchte, um noch einmal Luft zu holen, sah sie ihn an und jammerte förmlich: »Komm! Bitte. Ich will dich spüren.«

Er rutschte an ihrem Körper nach oben und küsste sie.

»Wie sehr willst du das?«, raunte er in Hannahs Ohr, während eine seiner Hände zwischen ihre Beine wanderte, sie komplett umschlang und etwas nach oben drückte.

»Verdammt sehr«, schrie sie beinahe, denn was er gerade mit seinen Fingern in ihr machte, war einfach unfassbar. Gleich würde sie zu heulen beginnen.

Dann glitt Cooper unter sie, hielt sie am Bauch fest und drang unter ihrem Aufschrei von hinten in sie ein. »Oh Gott! Hannah!«

Jedes Mal, wenn Hannah dachte, ihre Anspannung, ihre Lust, die in ihr bis zur Unerträglichkeit prickelnden Flammen, müsste er doch mit den nächsten schnellen Bewegungen löschen, irrte sie sich. Cooper hatte zu viele Frauen in seinem Bett gehabt, um sich ausgerechnet bei Hannah, die ihm schmeckte wie noch keine vor ihr und in deren Duft von Kokos und Yasmin er ertrinken wollte, mit einer schnellen Nummer zufriedenzugeben.

Er wollte sie noch lauter schreien hören. Seinen Namen durch die Nacht rufen. Ihn um Erlösung anflehen. Und er wollte dieses High reiten, solange es möglich war.

Sie beugte sich nach vorn, und er legte einen Finger an eine Stelle, von der Hannah noch nicht wusste, dass sie das jemals prickelnd finden würde oder gar zum Schreien bringen könnte. Doch genau das tat es, und Hannah vergaß sich. Verlor sich in Lust.

Je mehr er sie streichelte und massierte und sie ihn gleichzeitig in sich spürte, desto hilfloser fühlte sie sich, was sie wiederum bis zur Ekstase anturnte.

Irgendwann, sie hatte das Gefühl, ihm wehrlos ausgeliefert zu sein, und konnte es kaum noch ertragen, begann sie tatsächlich zu betteln: »Komm! Bitte!«

Da auch Cooper selbst an einem Punkt angelangt war, an dem er nichts mehr steuern konnte oder wollte, ließ er es zu. Und gemeinsam erreichten sie einen Höhepunkt, wie sie ihn beide noch nie erlebt hatten. Alles schien in Grün aufzuleuchten, obwohl Hannah die Augen geschlossen hatte.

Nur ganz langsam flachte ihr Rausch an Gefühlen ab, und sie lehnte sich nach hinten. Cooper umschlang ihren Bauch mit seinen Armen, und Hannah wischte sich heimlich ein paar Tränen aus den Augen.

»Du bist einfach unglaublich«, raunte er von hinten in ihr Ohr, und Hannah öffnete die Augen.

»Oh mein Gott.« Sie seufzte ergriffen. Da Cooper nicht reagierte, setzte sie nach. »Sieh mal nach oben.«

Und dann sah er sie. Die schönste Aurora Borealis, die Cooper je gesehen hatte. Der schwarze Nachthimmel über ihnen erstrahlte in einer Wolke aus einem leuchtenden Gelb-Grün. »Wahnsinn!«

»Ja, Wahnsinn«, wiederholte Hannah, die damit nicht nur das Himmelsschauspiel meinte. Hier auf ihm, mitten in Alaska, in einem heißen Whirlpool zu liegen, Cooper noch immer in sich zu spüren, diese Mischung aus samtiger Sattheit und dem sanften Prickeln, dass sie gleich wieder mehr von ihm wollte, zu spüren, ging weit über alles hinaus, was sie jemals erlebt hatte. Das Polarlicht, in all seinem majestätischen Glanz über ihnen, ließ sie für einen Augenblick glauben, nicht mehr auf dieser Welt zu sein, sondern gemeinsam mit ihm durchs All zu schweben.

Und in gewisser Weise stimmte es auch, denn Cooper spürte wie Hannah, dass er noch mehr von ihr wollte. Viel mehr …

10

---

leich am nächsten Tag zogen dicke Wolken durch. Doch das störte die beiden jungen Paare in ihrem Glück kein bisschen.

Nun … Die Wolken bemerkte Jack nicht, aber dafür etwas anderes.

Als Jack mit Angel im Arm am nächsten Morgen um Punkt sechs Uhr dank seines Handyweckers aufwachte, sah er das erste Mal bewusst das Rosa. Es war überall. Der weiße Frisiertisch mit dem Spiegel war mit einer Lichterkette aus rosa Blüten verziert, das einzige Fenster hinunter zum Hinterhof war von bodenlangen gerüschten pinken Blümchenvorhängen eingerahmt, und selbst der Deckenanstrich des Schlafzimmers war pink.

Ganz zu schweigen von dem pinken Blütenmeer, in dem er gerade lag. *Das ist ja nicht auszuhalten*, dachte Jack gerade, als Angel ihre Augen aufschlug. *Ich kauf ihr eine neue Einrichtung.*

»Guten Morgen, Honey.« Angel lächelte ihn an, und Jack küsste sie, denn sie sah einfach bezaubernd aus. Ihre dunklen Locken fielen ihr nicht nur ins Gesicht, sondern wirkten fülliger als sonst. Ihre langen Wimpern umrandeten Angels graue Augen auf geradezu mystische Weise, und ihre vollen Lippen wirkten auf ihn ohne Lippenstift noch einladender.

Er beugte sich zu ihr und küsste sie innig. »Auch guten Morgen, Kleine.«

Und schon fuhr Angel hoch, und Jack musste zur Seite ausweichen. »Nein, Jack. Bitte nicht. Ich liebe …«, nein, das musste sie anders formulieren, »also diese Nacht mit dir war unglaublich und überhaupt, dass wir nun ein Paar sind, ist das Beste, das mir passiert ist, aber bitte: Nenn mich nicht ›Kleine‹. Das war in der Volksschule okay, aber jetzt bin ich erwachsen.«

Daher weht der Wind, dachte Jack schmunzelnd. Kurz war er besorgt gewesen, Angel hätte es sich mit ihm anders überlegt.

»Kein Problem, wenn du mich dafür nicht ›Honey‹ nennst? Das ist etwas für Bären und kleine Kinder«, meinte er dazu.

»Abgemacht, aber dann darfst du nie mehr irgendeinen Kuchen meiner Mutter essen, da ist immer als Geheimzutat ein wenig Honig drinnen.«

Er lehnte sich über Angel und sah ihr in die Augen. »Hm, aber wenn es eine geheime Zutat ist, kann ich davon ja nichts wissen, und wenn du deiner Mutter über dieses Gespräch nichts verrätst, dann kann ich auch wieder ihren Kuchen essen. Verdammt, ich liebe ihre Kuchen!«

Angel musste lachen. »Schon gut. Wir warten einfach mit den Kosenamen, vielleicht ergibt sich ja einer völlig von selbst. Und ich liebe deinen Namen, Jack.«

»Geht mir genauso. Was soll Angel jemals toppen?«

Angel kraulte sein Haar am Hinterkopf. »Dir gefällt also mein Name?«

»Und nicht nur der …« Jack wusste mindestens zwanzig Stellen, an denen er Angel gerne küssen würde, aber seine Arbeiter erwarteten ihn auf der Baustelle. »Ich hab leider nur mehr Zeit für einen Kuss, dann muss ich los.«

»Schon okay, aber wir könnten unten noch eine schnelle Tasse Kaffee trinken.«

Angel gab ihm einen innigen Kuss, den sie gleich dreimal wiederholte, *zur Hölle mit nur einem Kuss*, und warf Jack dann lachend aus dem Bett. Leider war heute Montag.

Der Wochentag war etwas weiter von ihnen entfernt kein Problem. Kein Wunder, dass Cooper und Hannah erst gegen Mittag auf dem Doppelbett im Wellnessbereich aufwachten. Beinahe gleichzeitig. Auch sie hatten keine Eile, das Bett zu verlassen, obwohl es bei Weitem nicht so kuschelig wie das von Angel war. Aber sie hatten es sich mit großen Badetüchern und Kissen von anderen Relax-Liegen recht heimelig gemacht. Irgendwann in den frühen Morgenstunden war Hannah in den Bademantel geschlüpft und hatte sich wieder an Cooper gekuschelt.

Diese Nacht hatte alles für Hannah verändert. Cooper hatte Dinge mit ihr angestellt, von denen sie bisher nur gehört oder gelesen hatte und die sie in eine beinahe tranceartige Ekstase versetzt hatten. In seinen Armen aufzuwachen, in seine Augen zu sehen und dieses Lächeln zu ernten, war einfach nur wunderschön. Und unwirklich. Aber sie fühlte sich geborgen mit ihm. Als hätten sie die Welt ausgeblendet und schwebten nun endlos durchs All.

Schon vor der Dusche hatte Cooper bei Li angerufen und ihn um Frühstück gebeten. Li läutete an der Tür, damit sie wussten, dass er das *Moonship* nun mit dem Frühstück betrat, dicht gefolgt von Kirima, ihrer Haushälterin, die das zweite Tablett trug.

»Guten Morgen«, rief Li fröhlich, und die beiden kamen sofort Hand in Hand auf sie zu. Li stellte Hannah Kirima vor und wollte wissen, wo sie das Frühstück servieren sollten.

»Im Relax-Bereich. Ich denke, da wäre es perfekt«, entschied Cooper, denn dort standen zwei kleine Kaffeetische mit jeweils drei Stühlen.

»Absolut! Dann machen wir das doch.« Li war wieder in seiner Rolle. Was auch immer hier passierte, er wusste von nichts, er kommentierte nichts, und er tat, was von ihm erwartet wurde. Also marschierte er quer durch das Haus und arrangierte eine Kommode um, damit sie dort den größten Teil ihres Essens und der Getränke wie bei einem kleinen Buffet abstellen konnten.

Kirima und Li richteten alles in Windeseile her und zogen sich dann diskret zurück.

»Hier gibts ja alles.« Hannah wusste nicht, womit sie beginnen sollte, und nahm daher einen Schluck vom herrlich duftenden Kaffee.

»Also, ich brauche definitiv die Würstchen mit den Scrambled Eggs.«

»Gute Wahl.« Hannah kicherte und griff sich einen der beiden Obstsalate.

»Okay, was stellen wir heute an?« Cooper dachte gar nicht daran, den Tag mit Daniel zu verbringen. Seit über zwei Jahren war dieser Morgen der erste für ihn, der sich tatsächlich wie Urlaub anfühlte, und das wollte er gemeinsam mit Hannah auskosten.

»Hm, keine Ahnung, aber eines weiß ich: Wir gehen nicht zum Eislaufen.«

Cooper lachte hell auf. »Nein, versprochen. Aber wir könnten uns Ski-Doos ausborgen und raus zum großen See fahren.« Kurz dachte er nach. »Oder aber wir fliegen nach St. Barths. Ich habe da ein kleines Haus.«

Hannah ließ ihre Gabel fallen. »Ist das dein Ernst? Du bietest mir gerade an, mit dir in die Karibik zu fliegen?«

Cooper nahm ihre Hand. »Ja, Hannah. Oder Los Angeles, wenn du möchtest, oder an jeden anderen Platz dieser Erde, den du gerne mit mir gemeinsam entdecken würdest.«

»Wow! So fühlt es sich also an, einen Superstar zu daten?«

»Einspruch! Wir hatten noch gar kein Date.« Im ersten Moment war Hannah geschockt. War sie zu weit gegangen? Sah er sie nicht als seine Freundin, sondern bloß als One-Night-Stand? »Aber das sollten wir heute Abend auf jeden Fall tun, und ich möchte mir nicht noch mal einen Korb wie in Wien holen.«

Hannahs graue Zellen ratterten. »Wie meinst du das? Du hast mich doch gar nicht auf ein Date eingeladen.« Oder meinte er vielleicht diese Verabredung zum Abendessen, die sie versäumt hatte, weil sie weggelaufen war? Aber sie war nicht sicher gewesen, ob sie nur zu zweit wären oder sein gesamter Staff mit von der Partie sein würde.

»Hab ich doch. Ich habe dich bereits einen Tag vor der Diskussion irgendwo hinter der Bühne gefragt, ob es in deinen Terminkalender passen würde, mich nach der Veranstaltung zu einem Abendessen zu begleiten.«

»Ja, schon, und ich habe mich auch riesig darauf gefreut, aber woher hätte ich wissen sollen, dass das eine Einladung zu einem Date war?«

»Puh, dann hab ich das wohl echt schlecht kommuniziert. Aber man kann ja aus Fehlern lernen. Also, was ich gerne möchte, ist, mit dir auszugehen. Auf unser zweites erstes Date. Das kann hier stattfinden, auf St. Barths oder wo immer du willst.«

Hannah entspannte sich wieder. »Das würde ich auch gerne, sehr gerne sogar. Also auf ein zweites erstes Date mit dir gehen. Aber am liebsten würde ich diese Woche noch hier in Alaska bleiben.«

Und danach sollte sie die Sache mit ihrem Job klären. Die ersten beiden Wochen hatte sie Zeitausgleich wegen ihrer ohnehin viel zu vielen Überstunden genommen und die zweiten beiden Wochen Urlaub. Daher musste sie nach dieser Reise definitiv ins Büro zurück. Außerdem wollte auch ihr Chef, dass sie untertauchte. Aber die Sache mit ihrem

Job hatte Zeit. Hannah wollte das irgendwann in Ruhe mit Cooper besprechen, denn leider würde das zwischen ihnen wohl oder übel auf eine Fernbeziehung hinauslaufen.

»Klar. Ich mag es hier auch. Alles ist so relaxt, und es gibt keine Presse.«

Hannah strahlte ihn an. »Das klingt doch nach einem Plan. Wir gehen heute oder morgen zu Angel abendessen. Ohne Stress. Heute muss ich aber auf jeden Fall rüber zu Dana und mich mal umziehen.«

Cooper schüttelte den Kopf und nahm ihre Hände. »Du bist also dieses eine Mädchen, dem der Junge den Diamantring vor die Füße legt und das ihm sagt, ›nein danke, ich habe schon einen aus dem Kaugummiautomaten‹?«

Mit einem Stück Ananas im Mund schmunzelte Hannah. »Wenn du das von mir denkst, dann ist es wohl ziemlich dumm von mir, wenn ich dir jetzt sage, dass ich vermutlich nicht dieses Mädchen bin. Ich habe nämlich keinen Ring aus dem Kaugummiautomaten.«

Natürlich würde sie den Diamantring nehmen!

»Auch das würde nur dieses eine Mädchen antworten. Du siehst, wie sehr du auch versuchst, dich aus der Rolle zu winden, für mich bist du meine Traumfrau.«

»Und du mein Traummann. Ich hoffe nur, ich wache nicht bei Dana auf, und du warst gar nie hier.«

Versonnen lächelnd küsste Cooper ihre Hand. »Wirst du nicht, das kann ich dir versichern.«

Hannah atmete aus. »Wow! Dann ist das hier also alles wahr?«

»Ja. Ist es. Und das ist unser erster Morgen in etwas neues Gemeinsames.«

»Ja«, hauchte Hannah. »Ja, ist es.«

Cooper verzog den Mund. »Okay, dann sollte ich dich noch vor mir warnen. Falls du es dir anders überlegen willst.«

Nun musste Hannah laut lachen. »Probiers! Aber ich sage dir gleich, du wirst das nicht schaffen.«

Da wiederum war sich Cooper nicht so sicher. Aber er musste Hannah ja nicht die ganze Wahrheit erzählen, sondern würde einfach so schnell wie möglich klare Verhältnisse schaffen. Dass Tahoma für alle da draußen noch seine Freundin war, war dumm, aber im Grunde nicht so wichtig.

»Nun ... Ich bin faul, verwöhnt und etwas rastlos, weil ich nie länger als zwei, drei Wochen an einem Ort bin, außer wenn ich drehe.« Quer über den Tisch sah er Hannah tief in die Augen, was dazu führte, dass sie ihm in Gedanken den Bademantel wieder auszog. »Ach ja, und ich kann unheimlich anstrengend sein, denn wenn ich etwas will, gebe ich nur äußerst ungern auf, bevor ich es habe.«

Stimmt nicht ganz, dachte Hannah. »Hm, und was hättest du getan, wenn Jack mich nicht hierhergeschleppt hätte?«

Cooper stand auf und ging langsam, während er sprach, um den Tisch herum. »Dann hätte ich mich gestern mit Daniel volllaufen lassen, hätte heute mein Kopfweh mit Schmerzmittel bekämpft und wäre aufgrund meines Herzschmerzes vermutlich spätestens am Nachmittag bei Dana aufgekreuzt. Mit einer Dose Rentierfleisch oder so. Etwas Romantischeres haben die im Laden ja nicht mehr, seit ich das Stofftier gekauft habe, das du übrigens nicht wolltest.«

Nun hatte er Hannah erreicht, zog sie hoch und nahm sie auf seinen Schoß.

»Stimmt nicht, ich liebe den kleinen Elch. Er durfte auch schon bei mir im Bett schlafen.«

»Dann muss er sich ab heute aber einen anderen Platz suchen, denn der ist jetzt besetzt«, erwiderte Cooper grinsend. Weniger wegen seines Kommentars, sondern mehr weil ihm das perfekte zweite erste Date eingefallen war. Doch dafür brauchte er ein wenig Zeit in der Vorbereitung.

Hannah spitzte ihren Mund. »Nun … Das muss ich mir noch überlegen.«

»Nimmt dir alle Zeit der Welt, denn ich werde dir so viele Gründe liefern, warum er das Bett verlässt, dass du dich gar nicht mehr an seine Existenz erinnern kannst«, scherzte Cooper, meinte jedoch jedes Wort ernst.

Jetzt, da er die beste Idee überhaupt hatte, wollte er nichts anderes, als Hannah den Bademantel über die Schultern schieben, ihre nackte Haut küssen und sich dann Stück für Stück nach unten arbeiten.

Und genauso machte er es auch. Wenig überraschend hatte Hannah nichts einzuwenden, denn auch sein Bademantel stand ihrem Glück bloß im Weg.

11

Der Nachmittag wie auch die nächsten beiden Tage vergingen für Hannah und Cooper wie im Flug. Die Nächte vergnügten sie sich einmal in Hannahs Zimmer in der Pension und gleich zweimal unter dem Polarlicht, das immer schöner und eindrucksvoller zu sehen war, im *Moonship*.

Immer wenn Daniel einen neuen Vorstoß unternahm, Cooper zum Arbeiten zu bewegen, fiel diesem die perfekte Ausrede ein, warum er doch nicht konnte.

Gleich am Montag war es eine Fahrt mit dem Ski-Doo zum großen See. Sie wärmten sich in Daniels luxuriöser Hütte etwas auf und nicht nur das, es wurde sogar recht heiß zwischen den beiden. Schließlich war dort im Umkreis von Meilen überhaupt nichts, außer Wildnis.

Am Dienstag flüchteten Cooper und Hannah vor Daniels Arbeitseifer in die Bar, wo sie auch gleich die Gelegenheit hatte, sich bei Angel und Jack zu bedanken, dass sie quasi Amor gespielt hatten. Es wurde ein recht feucht-fröhlicher Abend zwischen den beiden Paaren, und sowohl Jack wie auch Cooper mussten feststellen, dass der jeweils andere im Grunde ziemlich okay war. Mehr als okay. Sogar ziemlich cool.

Gestern dann unternahmen Hannah und Cooper auf Jacks Vorschlag hin eine Hundeschlittenfahrt zum Gletscher.

Diesmal durfte jeder von ihnen selbst ein Hundegespann führen, allerdings nach einer langen Einschulung von Cole, bei der er ihnen die verschiedenen Rollen der Huskys erklärte, speziell des Leithundes, und dann natürlich die vier wichtigsten Kommandos.

Bei ›Mush!‹ setzten sich die Huskys in Bewegung, was für Coles und Coopers Hunde stimmte, doch bei Hannahs Gespann dauerte das etwas. Dafür waren ihre Hunde folgsamer und bogen bei ›Gee‹ sofort nach rechts und bei ›Haw‹ nach links ab, während Coopers Hunde etwas brauchten. Nur der Befehl ›Whoa!‹, nach dem sie stehen blieben, funktionierte auf Anhieb, vermutlich weil sie dann Schnee fressen konnten.

Noch Stunden später saß Hannah mit leuchtenden Augen in der Sauna und ließ dieses einmalige Erlebnis Revue passieren. So verbunden mit der Natur hatte sie sich noch nie gefühlt. Quasi auf sich allein gestellt mit den Hunden und dann der Gletscher, der bis ins Tal reichte und an dessen Sohle sie Halt gemacht hatten, um diesen Zeugen der Eiszeit zu bewundern und natürlich um Fotos zu schießen.

Bezüglich des Dates hatte Cooper Hannah auf Donnerstag vertrösten müssen, was ihr egal war, denn sie genoss jede Minute mit ihm.

Doch heute war es so weit, und Cooper war die Vorfreude ins Gesicht geschrieben. Sie standen für ihre Verhältnisse sehr früh auf, nämlich bereits gegen neun Uhr vormittags. Cooper wollte von Hannah, dass sie ihren Reisepass in die Handtasche steckte und ein paar Sachen einpackte, damit sie einmal auswärts übernachten konnten. Das Wetter war schön, es gab nur ein paar wenige hoch am Himmel vorbeiziehende Wolken, als sie zu Steve ins Wasserflugzeug stiegen. Hannah war ebenfalls aufgeregt, denn mit einem Flug hatte sie nicht gerechnet. Sie hatte angenommen,

Cooper würde mit ihr in irgendein Hotel fahren, für das sie den Reisepass benötigte.

Nun standen sie gemeinsam am Steg, und vor ihnen lag Lilly, Steves Flugzeug, im Wasser.

»Schau einer an, da hat die Prinzessin doch ausgerechnet in Alaska ihren Prinzen gefunden«, konnte Steve, der Pilot, sich nicht verkneifen zu ätzen, als er Hannah beim Einsteigen half.

Hannah grinste ihn an. »Jap. Erstaunlich, was?«

Sie hatte keine Lust, mit Steve über ihre noch so frische Beziehung zu Cooper zu reden, und Steve verkniff sich weitere Kommentare. Er wusste, wer Cooper Preston war.

Beide schnallten sich an, und Steve hob auch schon über den Fluss hinaus ab.

»Wir fliegen also nach Anchorage«, vermutete Hannah. Denn wieso sonst hätte Cooper diesen Flug organisiert?

»Ja, das tun wir. Aber mehr verrate ich im Moment nicht.«

Hannah war es egal, wohin er sie ausführte, und sie beließ es dabei. Sie lehnte sich an Coopers Schulter, und zwischendurch klebte ihre Nase an der Fensterscheibe, denn die Aussicht auf die Berge und schneebedeckten Wälder war spektakulär. Beide genossen den Flug in vollen Zügen und freuten sich wie kleine Kinder über alle Tiere, die sie entdeckten. Speziell an der Karibu-Herde, die an einer Waldlichtung stand, konnten sie sich gar nicht sattsehen. Doch Hannah staunte nicht schlecht, als sie in Anchorage in einen Privatjet umstiegen, der sie nach Seattle fliegen sollte.

»Seattle? Ist das nicht ziemlich weit?«, fragte sie Cooper, als sie bereits in der Luft waren und die Flugbegleiterin ihnen gerade Kaffee und einen Lunch serviert hatte.

»Nun, etwas mehr als dreieinhalb Stunden. So weit weg ist es nun auch wieder nicht.«

Hannah lehnte sich in den bequemen Sessel zurück. »Wow. Da hast du dir aber einiges für unser zweites erstes Date einfallen lassen.«

Coopers strahlende Augen verrieten, dass er es gar nicht mehr erwarten konnte, ihr das zu offenbaren, was er sich ausgedacht hatte.

»Hab ich, und ich hoffe wirklich sehr, es wird dir gefallen.«

›Gefallen‹ war die falsche Beschreibung für das, was Hannah fühlte, als sie sich in der riesigen, an die zweihundert Quadratmeter großen Suite des Luxushotels umsah. Fast die gesamte Frontseite der Präsidenten-Suite war bis zum Boden verglast, und der Ausblick auf das Wasser und die Skyline von Seattle war atemberaubend schön.

Der einzige Wermutstropfen in Hannahs Augen waren die vielen Menschen, die um sie herum waren. Anders als in Alaska waren sie hier bereits vom Flughafen abgeholt und von zwei Security-Leuten ins Hotel gebracht worden, und nun standen hier noch zusätzlich drei Frauen herum.

»So, meine Süße. Die drei Damen haben alles für dich vorbereitet. Kleider, Make-up, eine davon wird dein Haar machen.«

Nun war Hannah doch ein wenig perplex. »Äh, wieso? Was hast du vor?«

Cooper hielt Hannah an den Oberarmen fest und sah sie verliebt an. »Nichts, ich will dich bloß zum Essen ausführen.«

»Das ist aber schon sehr viel Aufwand bloß für ein Abendessen«, erwiderte Hannah und war sich nicht ganz sicher, ob sie sich über all das freuen sollte oder nicht. Sie fühlte sich, als wäre ihre kleine heimelige Seifenblase, in der es nur Cooper und sie gab, einfach geplatzt. Natürlich wusste sie, wie es war, wenn ein Star wie er irgendwo aufschlug,

144

denn in Wien hatte sie selbst für eine ebensolche Rundum-Betreuung für Cooper gesorgt.

Cooper küsste Hannah auf die Nasenspitze. »Für dich ist kein Aufwand zu groß, und so ein erstes Date sollte doch etwas Besonderes sein.«

Das stimmt für Amerikanerinnen ganz sicher, dachte Hannah, aber sie war keine. Ihr hätte auch ein weiterer Abend in der Bar gereicht. Sie blickte sich um und musterte so unauffällig wie möglich die Gesichter der drei Frauen unterschiedlichen Alters und Hautfarbe, die etwas abseits von ihnen an der großen modernen Theke aus einem massiven Stück Holz lehnten und sichtlich darauf warteten, endlich loszulegen. An ihren Augen las sie außerdem ab, dass es für sie nicht ganz alltäglich war, mit einem Star wie Cooper Preston im gleichen Raum zu sein. Alle hatten ein sonderbares Strahlen in den Augen und lächelten irgendwie verschmitzt.

Mein Gott! Sie kennen das Video, schoss es Hannah durch den Kopf. *Und sie haben mich erkannt.*

An das Cooper-Gate hatte Hannah in den letzten Tagen keinen einzigen Gedanken mehr verschwendet, umso heftiger traf sie die Erkenntnis jetzt, dass die Frauen natürlich sofort gegoogelt haben mussten, als sie erfahren hatten, wer ihr heutiger berühmter Kunde sein würde.

Cooper entging nicht, dass Hannah plötzlich etwas steif wirkte. Überrascht fragte er sie: »Was ist denn? Ist irgendetwas nicht in Ordnung?«

»Das Video«, presste Hannah flüsternd hervor.

»Oh, das. Ich habe dir doch gesagt, vergiss es.«

Und das sollte Hannah, denn er hatte dafür gesorgt, dass ein Fotograf sie beim Abendessen rein zufällig entdecken würde. Solche Sachen erledigte sein PR-Agent Alvin perfekt und diskret. Diese Fotos würden um die Welt gehen und das Video in der Google-Suche vom ersten Platz verweisen.

Cooper zog sie eng an sich heran. »Hannah, ich schwöre dir, nach dem heutigen Abend ist der Spuk mit diesem dummen Video sicher vorbei.«

Zu gerne hätte Hannah ihm das geglaubt. »Das wäre schön, aber leider kann ich mir das nicht vorstellen.«

»Vertrau mir.«

Was blieb Hannah anderes übrig, als genau das zu tun? »Okay. Dann lass ich mal die Mädels ihre Arbeit tun.«

»Mein Mädchen.« Cooper freute sich schon darauf, Hannah hier in seinem Lieblingslokal die beleuchtete Skyline Seattles zu zeigen.

Zwei Stunden später war es dann so weit. Ohne dass Hannah es bemerkte, schoss ein Fotograf, der sich hinter einer riesigen Topfpflanze in der Lobby versteckt hatte, die ersten Fotos von Cooper Preston und seiner neuen Liebe. Walton Seger war sehr zufrieden mit seinen Schnappschüssen. Leider war Cooper Preston einer von jenen A-Listern, der alle paar Wochen der Welt eine neue Liebe präsentierte, daher würde er für die Fotos nicht mehr als fünf- bis zehntausend Dollar erhalten. Wäre das Prestons Liebe des Lebens, könnten es weit über hunderttausend Dollar sein. *Andererseits ... Wer weiß?* Nach diesem Video könnte es durchaus sein, dass die Presse bereit war, mehr für die Fotos zu bezahlen.

Walton starrte der Frau in dem leicht glänzenden cremefarbenen Kleid und dem dazu passenden Mantel, den sie über dem Arm trug, mit offenem Mund nach. *Das ist doch die Frau aus dem Video! Jackpot!*

Schnell checkte er zur Sicherheit die Fotos auf seiner Kamera, denn Walton wollte sich nicht zu früh ausmalen, was er mit dem Geld alles anstellen konnte.

Doch ja. Ganz eindeutig. Das war die Blonde aus dem Penis-Gate-Video. Walton Segers Herz schlug schneller. Mit

diesen Fotos würde er die Schulden auf sein Haus abbezah-
len können. Walton strich sich über die Stirn. Das war ein
Geschenk des Himmels.

12

Gutgelaunt betraten Hannah und Cooper, gefolgt von einem der beiden Security-Männer, ein kleines, aber exklusives Lokal direkt am Alaskan Way und somit an der Waterfront der Elliot Bay. Es war auf Stelzen ins Wasser gebaut, und der Ausblick auf die Ausläufer der Bucht war genial.

»Wow! Ist das ein tolles Restaurant.« Und dabei wirkte es mit all dem Holz und den wenigen Tischen total gemütlich.

Darüber war Hannah ziemlich happy. Sie hatte schon befürchtet, Cooper würde sie in eines dieser exklusiven, aber total steifen Restaurants führen. Das hier war zum Glück anders. Es war liebevoll mit frischen Blumen und Kerzen dekoriert, und die Mischung aus Holz und den sandfarbenen Bezügen überall machte es gemütlich. Außerdem waren die Gäste leger gekleidet.

Von allen weiß gedeckten Tischen aus konnte man durch die breiten Glasscheiben direkt aufs Meer sehen. Auch hinter der Bar war eine riesige Scheibe angebracht, und der Blick nach draußen war mega. Die Skyline leuchtete in verschiedenen Farben, und die *Space Needle* war gerade in tiefes Lila getaucht.

»Freut mich, dass es dir gefällt«, raunte Cooper Hannah zu, als sie der jungen Frau an ihren Tisch folgten. Am rechten Ende des Restaurants war für zwei Personen gedeckt, und Hannah sah sofort, dass sie den Tisch mit ein wenig mehr Abstand zu den anderen positioniert hatten. *Das ist gut*, dachte Hannah. Denn so hatten sie mehr Privatsphäre, und niemand konnte bei ihren Gesprächen mithören.

Sie nahmen gegenüber voneinander in gemütlichen Schalenstühlen Platz, und Cooper legte sofort seine Hände auf ihre und drückte sie kurz. »Ich bin froh, dass du es magst. Wenn es dir recht ist, bestelle ich für uns beide. Möchtest du lieber Seafood oder Steaks?«

Hannah schaute sich verstohlen um und entschied sich, nachdem sie gerade das Fleisch auf einem Teller am Nebentisch kurz begutachtet hatte, für: »Steaks! Die sehen nämlich herrlich aus.«

»Gute Wahl, das sind die besten der Stadt.«

Cooper lehnte sich nach der Bestellung zurück und blickte relaxt nach draußen. Einige Male hatte er hier auch mit Tahoma zu Abend gegessen, und es war die Ironie des Schicksals, dass er ausgerechnet diese Stadt für sein Date mit Hannah gewählt hatte. Aber um nicht ewig zu fliegen, hatten ihm nur Vancouver oder Seattle zur Auswahl gestanden, und hier kannte er sich aus. *Tahoma wird ausflippen, wenn sie die Bilder sieht!* Aber das war ihr Problem.

Cooper empfand keinen Funken an Mitleid mit seiner Ex-Freundin. Bereits vor über einem halben Jahr hatte er mit ihr Schluss gemacht, und noch heute tat sie auf ihrem Instagram-Account so, als wären sie ein Paar. Er hatte das nie kommentiert, denn auch Alvin war der Meinung, Tahoma war nicht wichtig genug, um ein Wort über diese Frau zu verlieren. Doch ihr würde es sicher ganz und gar nicht gefallen, dass er hier nun mit Hannah saß.

Pech, dachte Cooper noch, doch dann widmete er sich lieber dem Hier und Jetzt mit Hannah.

»Du siehst wunderschön aus. Schade, dass man bei so

einem ersten Date zunächst essen gehen muss.« Cooper grinste, was auch Hannah zum Lächeln brachte.

»Daran bist du selbst schuld. Ich habe nie gesagt, dass ich ein formelles erstes Date brauche, aber da es mir hier überaus gut gefällt und mein Magen bereits knurrt, musst du da jetzt durch.«

Cooper küsste ihre Hand. »Muss ich wohl.«

Die dunkelhaarige Frau in einem schicken schwarzen Kleid servierte ihnen einen Gruß aus der Küche mit frischer Krabbenpaste und herrlich duftendem noch warmem Weißbrot, den sich beide schmecken ließen. Verstohlen sah sich Cooper ein paarmal um, konnte den Fotografen, den Alvin besorgt hatte, aber nirgendwo entdecken. *Der Mann ist gut*, dachte er, doch das war eine Fehleinschätzung.

Walton stand nämlich draußen in der eisigen Kälte vor der Tür und wartete auf weitere Chancen, das Paar zu fotografieren, denn der Türsteher hatte ihn einfach nicht ins Lokal gelassen. Er hatte keine Reservierung, daher war nicht einmal ein Drink an der Bar möglich. Aber seine Chance würde kommen, davon war Walton überzeugt.

Cooper und Hannah quatschten über Daniel, der Cooper gestern Abend unter vier Augen erklärt hatte, dass er keine Lust mehr auf seine Ausreden hatte.

»Er war richtig beleidigt.« Cooper lachte. »Aber ich habe ihm gesagt, in ein paar Wochen kann er dann mit meiner vollen Aufmerksamkeit für den Film rechnen.«

»Wieso in ein paar Wochen?«

»Nun, einerseits muss ich in vier Wochen für rund einen Monat nach Südfrankreich, um zu drehen, und andererseits muss ich dazwischen das hier tun.« Er zog ein Kuvert aus seiner Anzugjacke und legte es Hannah neben den Teller.

»Was ist das?«

»Sieh hinein, dann weißt du es.« Cooper schmunzelte und war gespannt, wie Hannah reagieren würde.

Hannah öffnete das unbeschriebene Kuvert und zog drei schlichte weiße Karten heraus.

»Schönere hatte weder der Laden noch Daniel«, erklärte er Hannah zu seiner Entschuldigung, die gerade auf die Karten starrte.

Auf der ersten stand ›Zu dir?‹, auf der zweiten ›Zu mir?‹ und auf der dritten ›Gemeinsam Planet Erde?‹.

»Äh, und was bedeutet das?«

»Du kannst es dir aussuchen. Wir fliegen am Sonntag entweder zu dir nach Wien, zu mir nach Los Angeles oder St. Barths oder aber, wie ich es dir schon einmal vorgeschlagen habe, wir entdecken vier Wochen lang gemeinsam die Welt.«

Justament in diesem Moment läutete Hannahs Handy, was ihr peinlich war. Sie hatte es abschalten wollen, aber es völlig vergessen. Doch als sie den Namen ihrer Lieblingskollegin Sylvie auf dem Display las, geriet sie innerlich in Panik. »Sorry, aber da muss ich abheben.«

»Mach nur«, meinte Cooper, der ein wenig enttäuscht war, dass Hannah schon wieder keine Wahl getroffen hatte. Wie oft musste er ihr noch die Welt zu Füßen legen, bis sie sie endlich aufhob und annahm?

»Hi Hannah! Gut, dass ich dich erwische«, ertönte Sylvies helle Stimme am anderen Ende.

»Ist etwas passiert? Es ist doch schon vier Uhr in der Früh oder so bei euch?«

»Oh, ich habe gar nicht auf die Uhr gesehen, entschuldige.« Langsam entspannte sich Hannah wieder. Vielleicht hatte Sylvie sie irrtümlich angerufen? »Wir hatten heute eine kleine interne Feier, weil das Filmfestival so gut gelaufen ist, und Clemens hat uns noch in eine Bar eingeladen.«

Noch machte sich Hannah keinen Reim auf Sylvies Anruf. »Aha. Und jetzt bist du nach Hause gekommen?«

»Ja, also nein. Ich sitze noch im Taxi, aber ich wollte dir

das sofort erzählen: Dieser Idiot hat vor, dich gleich nach deinem Urlaub zu kündigen! Stell dir das einmal vor. Es ist ihm rausgerutscht, als ich gefragt habe, wer die Tussi war, die heute im Büro nach ihm gefragt hat.«

Hannah griff sich an den Hals. Sie hatte das Gefühl, keine Luft zu bekommen.

»Und dann hat er gemeint, das ist der Ersatz für Hannah.« Wie immer redete Sylvie wie ein Maschinengewehr. »Und ich drauf: ›Wieso, die kommt ja wieder?‹ Er dann: ›Nein, nach dem Patzer auf der Gala kann sie sich bei mir nur noch die Kündigung abholen.‹ Stell dir das einmal vor!«

Tat Hannah, aber es zog ihr den Boden unter den Füßen weg, obwohl sie saß. Cooper hatte sofort mitbekommen, dass etwas nicht stimmte, auch wenn er nur wenig Deutsch verstand. Eigentlich gar nichts bis auf ›Bitte‹, ›Danke‹ und ›Ich bin ein Berliner‹. Den berühmten Kennedy-Spruch kannte wohl jeder.

Blass geworden sah sie ihn aus erschrockenen Augen an.

»Was ist passiert?«, fragte er sie.

Bevor Hannah antworten konnte, vernahm sie Sylvies Stimme, die etwas leiser geworden war. »Sorry, wie ich höre, bist du nicht alleine, aber ich konnte nicht anders, als es dir sofort zu sagen! So ein Idiot aber auch.«

»Ja, ist er und war er schon immer«, brachte Hannah unter ziemlicher Kraftanstrengung relativ ruhig hervor. »Trotzdem danke, dass du es mir gesteckt hast, Sylvie.«

»Ja, aber mir tut das so leid, Hannah! Ohne dich will ich auch nicht mehr für ihn arbeiten, außerdem kriegen wir diese Großevents dann sowieso nicht hin! Du bist die Beste hier, und mir dauert ja schon dein Urlaub viel zu lange.«

Hannah, die noch immer neben sich stand, wollte das Gespräch einfach nur beenden. »Danke, Sylvie. Ich melde mich morgen oder so. Und es muss dir nicht leidtun, denn es ist ja nicht deine Schuld.«

Sondern die ihres arroganten, aufgeblasenen Idioten von Chef!

Es ging noch ein paarmal zwischen den Frauen hin und her, dann legten sie auf, da Sylvie ohnehin vor ihrer Wohnung angekommen war. Hannah ließ ihr Handy auf den Tisch sinken und starrte für ein paar Sekunden nach draußen in die mittlerweile schwarz gewordene Nacht.

»Darling, was ist passiert?«

Langsam und mit glasigen Augen drehte sie ihren Kopf in Richtung Cooper. »Mein Chef wird mich kündigen, sobald ich aus dem Urlaub zurück bin. Wegen der Gala.«

»Ist der verrückt? Mein Management soll ihn anrufen und ihm drohen, ich gebe öffentlichkeitswirksam den Preis zurück, wenn er das tut.«

»Cooper, das ist lieb, aber das will ich nicht.«

Er auch nicht wirklich, denn jetzt erst erkannte Cooper die Chance, die in dieser Kündigung lag: Hannah war ab sofort frei! Sie musste nicht mehr zurück nach Wien, sie musste nicht arbeiten und konnte ihn daher begleiten, selbst nach Südfrankreich, wo er *Seven Books* drehte.

Sein Lächeln irritierte Hannah nicht nur, es ärgerte sie. »Und was an der ganzen Sache ist jetzt in deinen Augen lustig?«

»Gar nichts, sorry«, log Cooper sofort, um Hannah nicht noch weiter aufzuregen. Doch dann entschied er sich um. »Andererseits könntest du meine drei Vorschläge aber auch als Zeichen sehen. Mein nächster Dreh ist in Südfrankreich, dort habe ich ein Haus gemietet, das groß genug für uns beide ist, und bis dahin könnten wir einfach nur das Leben genießen?«

Und Clemens, diesem minderbemittelten Zustand von Möchtegern-Chef, erst gar nicht die Chance geben, mir grinsend die Kündigung auszuhändigen? In Hannahs Kopf ratterte es. »Ja, das könnten wir.«

»Und tun wir es auch?«

Hannah streckte ihren Rücken durch und sah ihm tief in die Augen. Über vier Jahre lang hatte sie alles für diese Agentur getan. War die Einzige gewesen, die Tag und Nacht – und an den Wochenenden sowieso – gearbeitet hatte. Auf ihr Privatleben größtenteils verzichtet hatte, nur damit diese Events mehr als perfekt waren.

Und was war nun der Dank dafür? Dass Clemens sie hinterrücks und sofort nach dem Urlaub kündigen wollte, obwohl er es gewesen war, der ihr diesen vorgeschlagen hatte? Damit sie sich ein wenig erholen und Gras über die Sache wachsen konnte? So nicht. Und schon gar nicht mit ihr.

»Ja, Cooper. Ich wähle Planet Erde mit einem Abstecher nach St. Barths, wenn das okay ist.«

Und wie es das war. Cooper sprang auf, ging um den Tisch herum und umarmte sie kurz, jedoch innig. »Das ist mehr als okay, ich danke dir.«

»Du mir? Ich danke dir.« Er küsste sie auf die Stirn und setzte sich wieder, denn Cooper checkte sehr wohl, dass die anderen Gäste sie heimlich beobachteten.

»Nun, dann beginnen wir doch sofort mit der Planung: Daniel will morgen Abend eine Abschiedsparty schmeißen, und am Sonntag könnten wir sofort abhauen.«

»Will er? Das hast du mir noch gar nicht gesagt.«

»Hab ich ganz vergessen, aber du kennst ihn ja. Er will darüber hinwegsehen, dass ich ›arbeitsunfähig‹ bin, wie er es ausgedrückt hat, und sich stattdessen daran erfreuen, dass gleich vier Menschen, die er in sein Herz geschlossen hat, frisch verliebt sind und den Kardinalfehler begehen wollen, einander länger als drei Tage treu zu sein.«

Auch wenn sie nicht wollte, musste Hannah schmunzeln. »Irgendwie ist er einfach irre, oder?«

»Ja, ist er. Aber genau deshalb ist er auch so ein Genie.«

»Ist er, ich liebe Daniels Filme.«

»Ich liebe sie auch«, pflichtete Cooper Hannah bei, nahm ihre Hand und sah ihr tief in die Augen, was Hannahs Bauch sofort kribbeln ließ. »Aber dich noch mehr, my Love.«

Und in diesem Moment war alles weg. Jede Wut auf Clemens war verflogen, die Sorge über ihre weitere berufliche Laufbahn einfach von der Tatsache überrollt, dass ihr Cooper das erste Mal, wenn auch indirekt, gesagt hatte, dass er sie liebte.

Sie!

War das zu fassen?

Und er hatte sie ›my Love‹ genannt.

»Sagt man denn bei euch bereits beim ersten Date ›ich liebe dich‹?«

»Nein, aber beim zweiten ersten Date ist es erlaubt, denke ich.«

Sie streichelte über seine Hände. »Ich liebe dich auch, Cooper.«

»Und ich liebe dich, Hannah. Eine Frau wie dich habe ich noch nie getroffen, und daher musst du damit zurechtkommen, dass ich dich auch nicht wieder hergeben möchte. Nicht mal für eine Nacht.«

Hannah schossen Tränen in die Augen. »Bist du dir da ganz sicher?«

»Ja, bin ich. Aber die Frage ist doch: Bist *du* dir sicher, dass du es mit jemandem wie mir aushalten kannst? Du weißt ja, wie es abläuft, wenn ich irgendwo auftauche.«

Ja, das wusste Hannah, denn sie hatte es in Wien live miterlebt und hier in Seattle wieder. »Ja, Cooper, weiß ich. Und auch wenn es einige Momente geben wird, in denen ich mir wünsche, dass du einfach irgendein Mann wärst, den ich in einer Bar kennengelernt habe und nicht mit der ganzen Welt teilen muss, bin ich mir absolut sicher, dass ich mir nichts Schöneres vorstellen kann, als mit dir zu sein. Einfach nur mit Cooper, ohne den berühmten Preston.«

Ihre Worte berührten ihn. Daher küsste er noch einmal ihre Hand. »Ich liebe dich und habe dir schon einmal versprochen, dass ich auf dich aufpassen werde, Darling.« Cooper gab sich einen Ruck, denn er wollte nicht öffentlich allzu emotional werden. »Also, dann erkunden wir ab Sonntag gemeinsam und ganz spontan die Welt? Ich schlage vor, wir beginnen mit Hawaii.«

Hannah riss die Augen auf. »Ja? Da wollte ich immer schon mal hin.«

»Dann passt Hawaii als Start ja geradezu perfekt.«

Hannah konnte ihr Glück gerade gar nicht fassen und auch nicht, dass sie Clemens in diesem Moment sogar dankbar für seine Boshaftigkeit war. Sie würde mit Cooper die Welt bereisen. Abenteuerlustig war Hannah schon immer gewesen, aber gerade die Tage in Moose Creek hatten ihr vor Augen geführt, wie schön es war, Urlaubserlebnisse mit jemandem teilen zu können, den man liebte. Und diesen Mann vor ihr, in dessen Blick sie immer und wieder versinken könnte, diesen Mann liebte sie. Von der ersten Sekunde an.

Die beiden sahen sich gerade viel zu tief und über beide Ohren verliebt in die Augen, um mitzubekommen, wer drei Tische entfernt von ihnen Platz nahm. Es war Tahoma mit ihrer Freundin Abi. Die beiden hatten sich nach einer gemeinsamen Shoppingtour für ein Abendessen hier entschieden. Das war einer der Vorteile, die Freundin von Cooper Preston zu sein. Tahoma bekam immer einen Tisch, egal wie kurzfristig sie anfragte.

Doch noch bevor Tahoma sich setzte, sah sie ihn. Ihre dunkelbraunen Augen weiteten sich, ihr Blut kochte, und als Abi checkte, wer da ganz hinten im Lokal saß, war es zu spät.

Wie eine Furie stürzte sich die langbeinige Frau auf Cooper und schrie ihn an. »Du? Hier? Du wagst es, mit ihr da ...«, sie schickte Hannah, die erschrocken nach hinten gefahren war, einen giftigen Blick, »in unser Lokal zu gehen?«

Hannah sah von der großen und superschlanken Frau, die Mitte zwanzig sein musste, zu Cooper, der seelenruhig sitzen geblieben war.

»Hannah, darf ich dir vorstellen, das ist meine Ex, Tahoma.« Er unterließ es, die Vorstellung auch umgekehrt vorzunehmen, denn er hatte gar keine Lust, höflich zu Tahoma zu sein. Es reichte schon, dass sie ausgerechnet heute hier auftauchen musste. Damit hätte er in seinen kühnsten Träumen nicht gerechnet.

In Alpträumen vielleicht schon.

Doch Tahoma ignorierte die Hand, die Hannah ihr entgegenstreckte, und würdigte Hannah keines weiteren Blickes. Alle Gäste des Lokals starrten nun offen zu ihnen herüber, denn ihre schrille Stimme und wie sie auf den Hollywoodstar zugestürzt war konnte man weder taktvoll überhören, noch übersehen.

Bevor Hannah etwas sagen konnte, beugte sich Tahoma zu Cooper herunter. Sie zeigte mit ihrem langen ausgestreckten Zeigefinger auf ihn, und der flammend rot lackierte Nagel wirkte geradezu bedrohlich. »Du ... Du bist ja das Allerletzte! Was bildest du dir ein, dich erst nicht zu melden und mir jetzt die da vorzustellen?«

»Äh, Tahoma. Nur zu deiner Info: Wir sind seit über sechs Monaten getrennt und haben davor bloß drei Wochen gedatet. Ich denke also, es ist besser, du setzt dich drüben an deinen Tisch.« Doch dann fiel ihm ein: »Nein, noch besser wäre es, du würdest mit deiner Freundin heute woanders zu Abend essen.«

Hannah war erschüttert. Was ging denn hier ab? Diese

Frau tat die ganze Zeit über so, als wären sie und Cooper noch ein Paar, und er behauptete das Gegenteil? Wie bei einem Pingpongspiel sah Hannah einmal Tahoma ins Gesicht, dann wieder Cooper und wusste nicht, wem sie glauben sollte.

»Das ist jetzt aber nicht dein Ernst, Cooper, oder? Du willst mir sagen, was ich zu tun oder zu lassen habe? Und wir sind nicht getrennt, sondern du betrügst mich in aller Öffentlichkeit mit der da!«

Cooper schüttelte genervt den Kopf. »Tue ich nicht, und das weißt du. Bitte geh jetzt, Tahoma.«

»Ich soll gehen?«, schrie sie ein weiteres Mal auf. »Weil du vergessen hast, dass du eine Freundin hast?« Charles, der die Szene von der Bar aus beobachtete, stand auf, um Cooper da rauszuholen, doch der bemerkte es und bedeutete ihm, sitzen zu bleiben. Was er tat. Aber sollte sie einen kleinen Schritt zu weit gehen, würde er diese Frau aus dem Lokal entfernen. Er kannte Tahoma aus der Zeit, als sie mit Cooper zusammen gewesen war. Niemand hatte sie gemocht. Außer Alvin. Dieser Idiot war diesem Vamp irgendwie genauso wie der Boss verfallen.

Unterdessen machte Tahoma mit ihren Vorwürfen einfach weiter, und Hannah leerte ihr Weinglas.

»Und wie kommt es, Cooper, dass deine Fans mich täglich fragen, was du so tust oder nicht? Und wegen deines beschissenen Penis-Gates haben sie mich bedauert und beruhigt, dass diese blonde Tussi ohnehin nie eine Chance gegen mich ...« ›Haben würde‹, sprach Tahoma nicht mehr aus, denn ihr blieb die Luft weg. Das hier war genau die aus dem Video! Jetzt war ihr Haar offen und nicht hochgesteckt, und sie war anders geschminkt. Aber sie war es. Das war ja der Gipfel an Frechheit schlechthin! »Das warst du?! Meine Güte, du schreckst aber auch vor nichts zurück, was? An deiner Stelle hätte ich mich am Ende der Welt versteckt«, blaffte Tahoma Hannah an.

War Hannah noch vor Kurzem blass um die Nase und in einer seltsamen Art von Schockstarre gefangen gewesen, so glühten ihre Wangen nun in Feuerrot. Gedanken überschlugen sich in ihrem Kopf. *Was erlaubt sich dieses Miststück?* Es schmerzte und war Hannah zugleich superpeinlich, dass sie genau das getan hatte: nämlich sich am Ende der Welt verstecken. Aber eines war klar: Keine Frau legte so eine Szene hin, wenn sie nicht absolut davon überzeugt war, im Recht zu sein. Hannahs Magen zog sich zusammen, und ihr wurde mehr als flau.

»Tahoma, jetzt ist Schluss! Lass Hannah in Ruhe.« Er schnippte mit den Fingern, und Charles, der Security-Mann stand sofort auf. Nun konnte er diese Frau endlich entsorgen. Charles arbeitete immer für Cooper, wenn dieser in Seattle war, die drei Wochen mit diesem Weibsstück hatte er noch allzu bildhaft in Erinnerung. Dagegen war die Neue eine Heilige. Höflich, zurückhaltend, supernett zum Personal und sagte Bitte und Danke. Zwei Fremdwörter für diese Tahoma.

Während Charles ruhig durch das Lokal auf sie zuging, tobte ein Orkan in Hannahs Kopf. Cooper hatte nie gesagt, dass er Single war, aber sie hatte es bereits in Wien angenommen, da er ohne Frau, nur mit seinem Staff angereist war. Aber es konnte nicht stimmen, dass Tahoma und er bloß für drei Wochen ein Paar gewesen waren, denn das Internet war voll mit ihren Fotos. Hannah erinnerte sich nicht daran, gelesen zu haben, dass die beiden sich getrennt hatten. Das war lediglich ihre Annahme gewesen, denn Cooper hatte nie über Tahoma gesprochen.

Tahoma wusste, dass sie dieser Blonden den ultimativen Stich ins Herz verpassen musste. Und sie wusste auch wie. »Ach, so wie das klingt, war Hannah also diejenige, die das

Bettchen von Bob Storms im Ritz-Carlton gewärmt hat? Super, Cooper. Was denkst du, wer du bist?«

Ein Schauer jagte durch Hannahs Körper. *Sie weiß den Namen seines Hotels in Wien und sein Pseudonym?* Den Namen des Hotels hatten sie doch geheim halten können, und sein Pseudonym hatte sie auf Bitten seiner Crew hin erfunden.

Diese Frau ist seine Freundin! Alles andere ergab keinen Sinn. In ihrem Augenwinkel nahm Hannah ein auf sie gerichtetes Handy wahr. Und in diesem Moment brannten alle ihre Sicherungen durch. Ab da wusste Hannah nichts mehr. Sie stürmte quer durchs Lokal nach draußen und lief die Straße entlang. Wie eisig kalt es war, spürte sie nicht.

Cooper war aufgesprungen und wollte Hannah sofort nach. Doch Tahoma zog ihm eine mit ihrer riesigen Handtasche über, noch bevor Charles Cooper körperlich schützen oder Tahoma arretieren konnte.

»Dafür wirst du bezahlen«, fauchte Cooper Tahoma an, die ihn und Charles, der nun ihre beiden Arme am Rücken festhielt, weiter wild beschimpfte. Er rieb sich die Wange, die noch immer brannte.

»Ich werde gar nichts! Du wirst bezahlen.« Doch viel mehr konnte sie zu Cooper nicht sagen, denn nun rannte auch er weg.

Unbemerkt von allen, denn selbst die Angestellten des Restaurants konnten bei dem, was sich hier abspielte, nicht wegsehen, war Walton Seger ins Lokal geschlüpft und fotografierte alles. Tahoma von der Seite, wie sie die Tasche aufzog, Cooper, der einen Arm hochriss, aber dennoch die Tasche auf seine linke Backe bekam, und Hannah, wie sie davonlief. *Besser gehts nicht*, dachte Walton versonnen.

Schnell holte Cooper, dessen Wange noch immer gerötet war, aber er spürte sie nicht mehr, Hannah ein.

Er hielt sie am Arm fest, und sie musste sich zu ihm umdrehen.

»Hannah! Ich schwöre dir bei meinem Leben, alles, was sie sagt, ist gelogen.«

Innerlich leer sah Hannah ihn an. »Nein, du bist der, der lügt. Sie konnte nicht wissen, unter welchem Namen ich deine Suite in Wien gebucht hatte. Das wussten nur deine Crew und ich.«

Gerade als Cooper etwas sagen wollte, blieb die schwarze Limousine, die sie zum Restaurant gebracht hatte, neben ihnen stehen. Ein Mann stieg aus, es war Jimmy, der zweite Personenschutz Coopers, und öffnete die Hintertür. »Steigen Sie ein, Mister Preston, Sir.«

Weil Hannah Anstalten machte, wieder davonzulaufen, packte Cooper sie einfach, hob sie hoch und verfrachtete sie in den Fond des Wagens. »Lass mich sofort wieder raus!«

»Sicher nicht, denn du holst dir den Tod«, blaffte Cooper zurück. Jimmy warf die Tür zu und stieg vorne ein. »Ins Hotel zurück«, erklärte ihm Cooper kurz, dann widmete er sich Hannah, die sich mit verschränkten Armen ihrem Schicksal ergeben hatte.

»Hör mal, ich habe keine Ahnung, woher Tahoma das Pseudonym wusste, aber ich schwöre dir, ich finde es heraus.« Und zwar vermutlich ganz schnell, denn er hegte einen Verdacht. Und wenn der sich bestätigte, dann hatte er einen PR-Agenten weniger.

Hannah interessierte das alles gar nicht, sie überlegte nämlich bereits, wie sie auf schnellstem Weg vom Hotel zurück nach Moose Creek kommen konnte, was sie innerlich noch wütender machte. Wäre sie doch bloß nie in Steves Maschine gestiegen! Noch mehr Tränen rannen über ihre Wangen, und sie starrte zum Fenster hinaus.

»Hannah, ich bitte dich. Ich werde dir beweisen, dass ich es bin, der die Wahrheit sagt. Und zwar jetzt gleich. Aber dafür musst du mir versprechen, die nächsten zwei Minuten rein gar nichts zu sagen und einfach nur zuzuhören, ja?«

Da Hannah nicht antwortete und weiterhin stur zum Fenster hinaussah, musste Cooper es auf einen Versuch ankommen lassen. Er zog sein Handy aus dem Sakko und tippte auf Alvins Kontakt. Dann noch auf den Lautsprecher, damit Hannah das Gespräch mithören konnte.

»Boss?«

»Hi Alvin. Ich muss dir wirklich danken! Du hast anscheinend Amor gespielt.«

Alvin war im ersten Moment etwas perplex, lachte dann übers ganze Gesicht, und das übertrug sich auch auf seine Stimme. »Für dich tue ich doch alles. Und so eine große Sache war das auch wieder nicht.«

Doch, du Idiot! Für mich schon. Gleichzeitig aber jubelte Cooper innerlich auf, denn Hannah drehte sich zu ihm und sah ihn mit großen Augen an.

»Nun ja, diesmal hat es dank deiner Hilfe geklappt, Alvin. Ich wusste ja nicht, dass Tahoma mich unbedingt wiedersehen wollte.«

»Oh Gott! Das will sie seit über einem halben Jahr. Ich musste sie immer auf dem Laufenden halten, in welcher Stadt du in welchem Hotel abgestiegen bist, aber nie hat es mit den Terminen ihrer Agentur zusammengepasst.«

»Tja, umso schöner, dass sie mich heute Abend überraschen konnte.« Cooper lachte ins Telefon und musste nicht einmal seine schauspielerischen Fähigkeiten auspacken, Hannahs Blicke reichten dafür völlig aus. »Schade, dass sie nicht bereits nach Wien kommen konnte.«

Alvin war geradezu stolz auf sich selbst. Irgendwie war er sich immer wie ein Verräter vorgekommen, wenn er Tahoma gesteckt hatte, wohin Cooper als Nächstes unterwegs war. Doch er konnte dieser Frau einfach nichts abschlagen. Er vergötterte sie geradezu. Und er fand, dass die beiden einfach das Traumpaar Hollywoods schlechthin waren.

»Sie war in Wien, Boss. Aber als sie ankam, waren wir ja schon überstürzt abgereist.«

»Ach? Das ist aber süß von ihr. Dann hatte sie Bob Storms also dummerweise verpasst?«

»Ja, leider«, bestätigte Alvin ehrlich zerknirscht. »Dabei –« Mehr hörte Cooper nicht von Alvin, denn Hannah nahm ihm einfach das Handy weg und beendete den Anruf für ihn.

»Es tut mir so leid, dass ich dir nicht geglaubt habe«, flüsterte sie in Coopers Richtung.

»Sollte es auch, Darling. Aber damit steht es bei dummen Missverständnissen eins zu eins zwischen uns, und wir vergessen alles und zwar am besten sofort.«

Dann zog er sie in seine Arme und küsste sie innig. Hannah konnte gar nicht genug von dem Kuss bekommen, denn sie war einfach nur erleichtert. Glücklich, dass ihre schlimmsten Befürchtungen nicht wahr geworden waren. Cooper hatte sie nicht angelogen. Er liebte sie also doch! Sie wusste nicht, wohin mit all den Gefühlen, die in ihr tobten. Das einzige Ventil waren ihre Küsse, die in langes Schmusen mündeten.

Vor dem Hotel angekommen, brachte der Fahrer den Wagen zum Stehen.

»Nur eines noch, Hannah.« Cooper hielt sie am Arm zurück, weil sie bereits aussteigen wollte.

»Ja, was denn?«

»Du hast mich Tahoma einfach zum Fraß vorgeworfen. Ein wenig mehr hättest du schon um uns beide kämpfen können.«

Sie hätte alles Mögliche antworten können, wie ›Ich nehme einer anderen Frau doch nicht den Mann weg‹ oder

›Aber ich musste ihr doch glauben.‹ Doch sie sagte: »Woher willst du das wissen? Vielleicht hätte ich mich in der nächsten Bar volllaufen lassen, nur um dich dann so gegen Mitternacht aus ihren Klauen zu befreien?«

Cooper schmunzelte. Diese Ausrede kam ihm nur zu bekannt vor. »Ach, das hättest du?«

Achselzuckend erwiderte Hannah: »Vielleicht? Auf jeden Fall würde ich es gerne von mir glauben.«

Er nickte, ja, das würde er auch gerne. Und vielleicht wäre es auch so gewesen. Entnervt sah Cooper auf sein Handy, das bereits zum dritten Mal brummte. Alvin! Doch Cooper zögerte mit dem Abheben.

»Nein, wahrscheinlich hätte ich das nicht getan«, gestand Hannah plötzlich.

»Nun ... Wenn das so ist, habe ich jetzt wenigstens einen Wunsch frei, oder?«

Noch einmal küsste Hannah ihn. »Ja, jeden.«

Statt ihr zu antworten, beugte sich Cooper zum Fahrer. »Zurück ins Lokal, bitte.«

»Natürlich, Sir.«

»Du willst zurück? Aber dort hat doch jeder unseren Streit mitverfolgt?« Dass jemand ihn auch noch gefilmt hatte, wollte Hannah erst gar nicht erwähnen. Alleine der Gedanke verursachte ihr einen weiteren kalten Schauer, der ihr über den Rücken lief.

»Genau deshalb. Dann wollen wir ihnen doch keinesfalls das Happy End vorenthalten.« Cooper grinste und drückte auf ›Anruf annehmen‹. Schnell fügte er hinzu: »Außerdem habe ich mich schon so auf das Steak gefreut.«

»Boss? Was ist mit dem Steak?«

»Gar nichts, Alvin. Was willst du?«

»Äh nichts. Die Verbindung ist abgerissen.«

»Schon gut. Hier ist alles geklärt. Ist James in deiner Nähe?«

Glücklicherweise hatte er alles, was er für Hannah organisiert hatte, in James' Hände gelegt und nicht Alvin damit beauftragt. James war der einzige Mensch an seiner Seite, dem Cooper zu hundert Prozent vertrauen konnte. Deshalb lebte sein bester Freund aus dem College auch seit Jahren mit ihm

»Ja, James ist hier.«

»Gut, dann gib ihn mir mal.«

Kurz wartete Cooper, bis James sich meldete.

»Hi, hör mal. In einer Stunde wäre ich dann so weit.«

»Geht in Ordnung.« James machte eine kurze Pause. »Aber es läuft doch alles wie geplant?«, fragte er besorgt, denn er konnte noch immer nicht glauben, was Alvin ihm gerade über Tahoma und Cooper erzählt hatte.

»Mit kleinen Hindernissen zwar, aber ja. Und keine Sorge, James, ich weiß, was ich tue.«

»Gott sei Dank! Dann habt noch einen tollen Abend.«

»Werden wir, ich danke dir.« Cooper legte wieder auf.

»Womit bist du dann so weit?«, fragte Hannah nach, die neugierig geworden war.

»Das wirst du jetzt zur Strafe für sechzig verdammt lange Minuten nicht wissen, Liebling.«

Und er sollte recht behalten. Die nächste Stunde begann schon als Spießrutenlauf für Hannah, da sich jeder Augenblick wie eine Ewigkeit anfühlte. Ihr war es mehr als peinlich, Hand in Hand mit Cooper wieder das Lokal zu betreten, das sie weinend verlassen hatte. Doch sie sah in lauter freundlich nickende Gesichter, was Hannah ein wenig beruhigte.

Als das Essen endlich vorbei war – die Steaks mit Maiskolben und gegrilltem Gemüse waren geradezu himmlisch gewesen – und Hannah bereits die Nachspeise serviert bekam, ein köstlich aussehendes rotes Törtchen mit Schokolade und Beeren, erschien plötzlich ein Mann, der Cooper einen riesengroßen Strauß langstieliger roter Rosen in die Arme drückte.

Cooper dankte ihm, und Hannah ließ den Löffel fallen. Er stand auf und ging um den Tisch herum.

»Hannah, du weißt, ich wollte dir schon in Moose Creek echte Blumen schenken, was ein Ding der Unmöglichkeit war. Aber hier sind sie.« Mit einem Strahlen im Gesicht, das die beleuchtete Skyline in den Schatten stellte, überreichte Cooper ihr die Blumen.

Hannah fiel ihm um den Hals und küsste ihn stürmisch mitten auf den Mund. »Danke! Das ist ... Ein Wahnsinn!«

Dass er daran gedacht und das organisiert hatte! Hannah schwebte auf einer rosaroten Wolke. Deshalb sah sie weder die Handys, die verstohlen auf sie gerichtet waren, noch wie Charles neben Walton an der Bar lehnte und ihm sagte: »Das sind die Fotos, die du verkaufen solltest, wenn du smart bist.«

»Keine Sorge, Charles. Ich bin Profi in meinem Job, wie du es in deinem bist.«

Charles nickte, und beide blickten wieder zu dem Tisch hinüber, an dem Cooper noch immer vor Hannah stand.

»Und hier habe ich noch etwas für dich.« Cooper zog eine kleine schwarze Schachtel aus seinem Sakko und überreichte sie Hannah.

»Noch etwas?«

»Ja, eine Art Symbol. Aber mach es auf.«

Eine Kellnerin kam zu ihnen an den Tisch. »Darf ich Ihnen diese wunderschönen Rosen abnehmen? Ich bringe auch gleich eine Vase.«

»Das wäre nett, vielen Dank.« Hannah nickte, setzte sich wieder und zupfte an der hellrosa Schleife. Als sie hineinsah, schossen ihr Tränen in die Augen. Diesmal aus Freude. Ohne das Geschenk herauszunehmen, sprang sie auf und fiel Cooper gleich noch einmal um den Hals. »Es

166

ist so wunder-wunderschön! Ich weiß gar nicht, was ich sagen soll.«

»Sag nichts. Komm, ich lege es dir an.«

Er zog das dreiteilige Armband aus Platinketten – eine davon war mit kleinen Diamanten besetzt – heraus und legte es um Hannahs rechtes Handgelenk. Sie hob ihren Arm und betrachtete die Anhänger genauer. »Ich kann gar nicht glauben, dass du die alle in der kurzen Zeit gefunden hast.«

»Nun, darum habe ich James gebeten.«

»Wow! Dann sag ihm bitte Danke und dass es einfach nur umwerfend schön ist.«

»Werde ich. Aber ich habe das Armband ausgesucht, und jeder einzelne Anhänger war meine Idee«, fügte er schmunzelnd hinzu.

Hannah konnte ihren Blick gar nicht von den Charmes nehmen. Einer war ein Herz mit einem Diamanten darauf, der gleich neben dem Wiener Riesenrad hing. Dann baumelten noch ein Husky an ihrem Handgelenk, der ganz sicher für ihre erste Begegnung bei der Schlittenfahrt stand, und ein Elch, der Moose Creek symbolisierte. Der fünfte Anhänger war eine Miniatur der *Seattle Space Needle*. Jeder Anhänger war aus Silber oder vielleicht Platin, auf jeden Fall hatte der Elch ebenfalls kleine Diamantensplitter am Körper. »Die sind so süß, ich kann gar nicht beschreiben, wie süß.«

Cooper nahm ihre Hände in seine. »Weißt du, ich hatte gehofft, dass du den Planeten Erde wählst, und wohin auch immer wir reisen werden, wir finden ganz bestimmt passende Charmes als kleine Erinnerung für uns beide.«

»Cooper, ich hätte nie gedacht, dass du auf so eine Idee kommst.«

Er grinste. »Tja, in mir steckt mehr, als man rein äußerlich vermutet.«

»Oh ja, das tut es.«

Kurz sah Cooper sich um. »Ich denke, wir sollten uns wieder setzen.«

»Ja«, hauchte Hannah, der erst jetzt wieder bewusst wurde, dass sie hier nicht alleine waren.

Was für ein Abend, dachte sie. *Ich hab zwar keinen Job mehr, und Tahomas Auftritt war auch mehr als peinlich, aber ich habe den umwerfendsten Mann dieses Planeten an meiner Seite. Ich!*

Cooper lehnte sich in seinem Stuhl zurück und betrachtete Hannah. Ihr blondes Haar fiel in großen Wellen über ihre Schulter, und ein paar Strähnen verdeckten Teile ihres anmutigen Gesichts. Als sie den Blick von ihrem Armband hob, das sie noch einmal eingehend betrachtet hatte, dachte er, *manchmal ist das Schicksal einfach nur gut zu einem.*

»Ich liebe dich«, raunte er über den Tisch und warf innerlich sein weiteres Programm um. *Pfeif auf den Nachtclub,* dachte er. *Ich will mit dir ins Bett. Ich will dir zeigen, dass ich dir die Sterne vom Himmel holen werde. Und ich will jeden Zentimeter deines Körpers zum Weinen bringen. Aus Liebe.*

Epilog

Am nächsten Abend schmiss Daniel wie geplant seine Party. Das *Earthship* war voll mit Menschen. So liebte er es, auch wenn er zwischendurch die Einsamkeit durchaus genoss. Aber heute, und weil es Hannahs und Coopers letzter Abend in Moose Creek war, hatte er jeden eingeladen, den er hier kannte.

Einige der Gäste saßen auf den großen Sofas, andere an der Bar und Cooper und Hannah am Boden auf einem Eisbärenfell, auch wenn Hannah so etwas grundsätzlich hasste. Aber es lag nun einmal vor dem offenen Kamin. Kirima, Li und Paul hatten alle Hände voll zu tun, um sie mit Häppchen und Getränken zu versorgen, später würde Paul ihnen sein fünfgängiges Menü aufwarten, das er seit der Früh vorbereitet hatte.

Hannah zückte ihr Handy und schoss ein Foto von Daniel, der gerade auf sie zukam. Sie hatte nicht widerstehen können, sein Outfit war einfach unglaublich. Daniel trug pinke Jeans zu zart ockerfarbenen Moccasins. Dazu ein weißes Leinenhemd, einen farblich auf die Jeans und die Schuhe abgestimmten leichten Baumwollschal, der sanft verlaufend von Rosa in Ocker überging und Fransen hatte, unter denen gefühlt fünfzig Ketten in unterschiedlichen Längen an Daniels Brust baumelten. Der cremefarbene Cowboyhut tat das Seine zum Ensemble, genauso wie das Leder-Gelee mit ebenfalls langen Fransen. Aus Daniels Hosentasche hing eine massive Silberkette, an deren Ende eine Uhr mit einem Karabiner befestigt war, die er in der Hand hielt. Ein Gesamtkunstwerk, der Mann.

»Du hast recht, kleiner grüner Stern.« Daniel grinste. »Druckt euch das Foto aus, damit ihr das nächste Mal eine Bekleidungsvorlage habt, denn ihr seid angezogen, als müsstet ihr einen Rentierstall ausmisten.«

Cooper sah Hannah an, sie ihn, und dann brachen beide in Lachen aus.

»Bruder, unsere Jeans, Pullis und Boots sind definitiv die richtige Wahl, denn du trägst ja nicht einmal Socken. Geh vors Haus, dann wirst du merken, wovon ich rede.«

»Papperlapapp«, entgegnete Daniel. »Und außerdem ist das hier kein Haus, Cooper. Wie oft muss ich dir das noch erklären?«

Daniel hockte sich zu ihnen auf den Boden und wollte noch einmal alle Details von Tahomas Auftritt im Restaurant wissen. Er konnte gar nicht genug von der Geschichte bekommen. »Ich habe mir ihre Instagram-Seite angesehen. Oh Mann, da geht die Hölle ab, und die meisten deiner Fans sind stinksauer auf dich, Cooper.«

Der seufzte. »Ich weiß, hat mir Alvin schon gesteckt.«

»Ich dachte, dem Maulwurf wolltest du kündigen?«

»Wollte ich auch, aber dieser Gutmensch hier neben mir hat mich davon abgehalten, weil er doch nur mein Bestes wollte.«

Daniel grinste Hannah an. »Deshalb bist du nun auch mein kleiner grüner Stern.«

Hannah kicherte. »Und ich dachte, du nennst mich wegen der Farbe meiner Augen so.«

Daniel deutete an, dass dem nicht so war. »Das wäre doch zu banal, nicht wahr?«

»Klar. Wäre es.«

»Übrigens, Cooper: Wenn ihr beide schon auf eine Liebes-Weltreise geht, dann hast du sicher nichts dagegen, wenn du mir Tahomas Nummer gibst? Irgendjemand muss dieses arme Reh doch trösten.« Nicht nur Cooper riss die Augen weit auf.

»Bist du verrückt? Dann bist du der Nächste, den sie stalkt und öffentlich fertigzumachen versucht.«

Doch wieder winkte Daniel ab.

»Mir macht das nichts aus. Nach drei, vier heißen Nächten bin ich ohnehin weg, und mein Ruf ist seit über dreißig Jahren ruiniert.« Er lachte schallend auf.

»Gut, dann versuch dein Glück bei ihr, meine Warnung hast du laut und deutlich vernommen.«

Daniel stand etwas ungelenkig auf. »Wunderbar. So, genug geplaudert, ich habe noch andere Gäste.«

Hannah schüttelte schmunzelnd den Kopf. »Er ist schon eine Nummer.«

»Ja, Daniel spielt eindeutig in einer eigenen Liga.« Cooper hielt inne, denn sein Handy brummte. Eine Nachricht von Alvin: ›Waltons Fotos sind draußen. Alle! Aber die Storys sind super PR. Alle für dich und Cooper Prestons neue Liebe. Du kannst dich entspannen.‹

»Was ist?«

Cooper googelte gerade sich selbst. »Es ist draußen.«

Sofort schlug Hannah die Hände vors Gesicht. »Ich will gar nichts darüber wissen, und wenn du wirklich übermorgen mit mir nach Hawaii fliegen willst, dann zeig mir ja kein einziges Foto von mir.«

Doch das sah Cooper völlig anders. Die Fotos von Hannah waren einfach bezaubernd. Was für ein Lächeln sie hatte.

Der Schnappschuss, als sie das Hotel verlassen hatten, war mehr als gelungen. Sie wirkten auf dem Bild innig und vertraut. Exakt, wie er es hatte der Welt vermitteln wollen, und Walton hatte den Moment, als Tahoma ihm die Tasche übergezogen hatte, ebenfalls perfekt eingefangen. Und dann Hannah mit den Rosen in der Hand, wie er sie küsste. Einfach bezaubernd.

Gute Arbeit, Walton!

Hannah spähte durch die Finger. »Und? Wie schlimm sind die Berichte auf einer Skala von null, ›gar nicht‹, bis zehn, ›mein Ende‹?«

»Wie schlimm sie für dich sind? Ich würde sie als glatte Hundert bewerten.«

»Nein!«, schrie Hannah auf und ließ sich nach hinten auf den Boden fallen, was eine dumme Idee gewesen war, denn der Steinboden vor dem Kamin war hart. »Aua!«

Cooper zog sie hoch und strich über ihren Hinterkopf. »Besser?«

»Ja, geht schon. Soll ich mich umoperieren lassen? ... Ja, das wäre doch eine gute Möglichkeit. Ich färbe mir das Haar schwarz, kaufe mir braune Kontaktlinsen, ein Schönheitschirurg soll mir meine Nase verbreitern oder verlängern, was weiß ich, und den Busen verkleinern. Und schon erkennt mich nie wieder jemand.«

So spaßig es klang, Hannah meinte es durchaus ernst. Nun ja, vielleicht nicht in allen Punkten. Aber noch einmal würde sie es nicht ertragen, bei jedem Menschen, dem sie in die Augen sah, annehmen zu müssen, dass er alles über sie zu wissen glaubte.

»Babe! Untersteh dich! Ich liebe dich genau so, wie du bist. Aber sieh es dir selbst an.« Und er hielt ihr den Bericht eines der größten Klatschmagazine der USA vor die Nase. Sie titelten ›Cooper Preston! New Love!‹, und dann folgte eine Story, die Tahoma richtig schlecht dastehen ließ. Auch Alvin hatte einen perfekten Job gemacht. Normalerweise waren Cooper solche Artikel völlig egal, aber Hannah zuliebe hatte er diesmal die Fäden in der Hand behalten.

Er musste schmunzeln. Völlig vertieft las sie gerade den gesamten Artikel, wie es schien.

Als sie ans Ende gelangt war, sah Hannah zu ihm auf. »Sind die alle so? Wir sind die Guten, und Tahoma die Hexe, die das junge Liebesglück zerstören wollte?«

Kitschiger, als dieser Artikel ihr Date und ihren steinigen Weg – alles war frei erfunden – nach dem Desaster in Wien beschrieb, ging es gar nicht. Aber die Bilder waren durchaus okay. Zwar nicht umwerfend gut, aber auch nicht ganz miserabel. Was ihre betraf. Cooper dagegen sah aus wie ein Superstar mit seinen strahlend blauen Augen, dem lässigen Anzug und der Beanie, die er trug, als sie das Hotel verlassen hatten.

»Ja. Alle feiern unsere Liebe. So, und jetzt schalte ich mein Handy aus, du solltest das auch mit deinem tun, denn es wird nicht lange dauern, und jeder will mit einem von uns persönlich sprechen.«

»Gute Idee.« Hannah hatte gar keine Lust, mit irgendjemandem darüber zu reden. Sie musste erst verdauen, dass es nun offiziell war. Sie war die neue Frau an Cooper Prestons Seite. Wie bescheuert sich das anhörte! Aber so war die Welt eben.

Plötzlich stand Jack auf, der mit Angel drüben auf dem Sofa gesessen war und sich gerade mit Dana, Sarah und dem Doc unterhalten hatte, und sagte laut in die Runde: »Darf ich um eure ungeteilte Aufmerksamkeit bitten? Die Bürgermeisterin hat euch etwas mitzuteilen.«

Hannah und Cooper sahen einander verdutzt an.

»Wer ist denn die Bürgermeisterin?«, fragte sie, denn sie wusste zwar, dass es in Moose Creek eine gab, aber nie hatte jemand erwähnt, wer sie war. Cooper zuckte mit den Schultern, doch die Antwort hatten sie bereits: Es war Sarah, denn die hatte sich jetzt neben Jack gestellt.

»Ich danke euch. Nun ... Meine Kolleginnen und Kollegen und ich haben beschlossen, diesen wunderschönen Rahmen bei dir, Daniel, zu nutzen«, er warf ihr einen Luftkuss zu, »um gleich drei wunderbare Menschen zu Ehrenbürgern von Moose Creek zu ernennen.« Sarah, heute in einem dunkelgrünen Strickkleid und schicken Lederstiefeln, sah Daniel an, der bis über beide Ohren grinste.

»Das ist ja cool«, flüsterte Hannah Cooper ins Ohr. »Aber wer sind die anderen beiden?«

»Keine Ahnung«, erwiderte Cooper, doch das stimmte nicht, er hatte eine. Die sich auch gleich bestätigen sollte.

»Daniel, Hannah und Cooper, darf ich euch zu mir bitten?«

»Wir?« Hannah sah völlig verdutzt aus.

»Anscheinend ...« Cooper lächelte und zog sie an der Hand hoch.

»Endlich!«, rief Daniel laut aus. »Ich wusste ja nicht, was ich hier noch alles bauen und wen ich nach Moose Creek schleppen muss, damit ihr mich als einen der Euren anerkennt.«

Jetzt war Hannah die Sache noch peinlicher. Was hatte sie im Vergleich zu Daniel schon für Moose Creek getan? Gar nichts. Sie war nichts anderes als eine Touristin.

»Du hast so recht, Daniel. Es wurde wirklich Zeit. Also, im Namen des Gemeinderats von Moose Creek darf ich dich, Daniel Lassenger, hiermit zum Ehrenbürger ernennen, wie diese Urkunde für dich auch belegt. Ich gratuliere dir von Herzen.« Daniel fiel Sarah um den Hals, dann auch gleich noch Jack, Angel und Dana. Er schwenkte die Urkunde durch die Luft, als hätte er einen Formel-1-Grand-Prix gewonnen.

»Kommt doch bitte etwas näher, Hannah und Cooper.« Sarah schmunzelte, worauf sie ihrem Wunsch folgten, auch wenn Hannah nicht wusste, was sie mit ihren Händen tun sollte. Am liebsten hätte sie sich hinter der Topfpalme versteckt.

»Nun ... Auch dir, Hannah Urban, und dir, Cooper Preston, verleihe ich hiermit im Namen unseres ehrenwerten Gemeinderats die Ehrenbürgerschaft von Moose Creek, wie auch eure Urkunden belegen.« Jack drückte ihnen beiden die großen Urkunden mit dem goldenen Siegel in die Hand. »Wir hoffen, dass ihr als Ehrenbürger immer wieder hierher zurückkommt und wir euch Schutz vor all dem Medienrummel geben können, vor dem Hannah ja zu uns geflüchtet ist.« Das stimmte, und deshalb nickte Hannah heftig. »Wir hoffen also alle, euch nicht zum letzten Mal hier gesehen zu haben, denn für uns, vor allem auch für Dana, Angel und sogar für meinen Sohn Jack, seid ihr in dieser kurzen Zeit Familie und somit Teil von Moose Creek geworden.«

Hannah kamen die Tränen, und auch Angel und Dana mussten seufzen. Beide vermissten Hannah und Cooper bereits jetzt so sehr, dass es schmerzte. Um ihre innerliche Anspannung abzubauen, ätzte Angel: »Und wer will schon nach Hawaii, wenn er in Moose Creek sein darf?«

Natürlich hatte ihr Hannah bereits am Nachmittag, gleich nachdem sie gelandet waren, alles bis ins kleinste Detail berichtet.

»Niemand!« Hannah lachte auf, und Cooper war erstaunt, dass ihm das nicht gleich eingefallen war. Er sah von Angel zu Hannah und kurz zu Jack.

»Ich danke Ihnen sehr, Bürgermeisterin«, begann Cooper seine Rede. »Und es ist mir wirklich eine Ehre, das darf ich wohl auch in Hannahs Namen sagen.« Hannah nickte nur und hörte ihm mit Angel am Arm zu, die sich bei ihr untergehakt hatte. »Wir können euch allen versichern, dass dieser Ort immer etwas Spezielles in unseren Herzen bleiben wird, und ja, wir kommen zurück. Ob ihr wollt oder nicht.« Alle lachten. »Auf jeden Fall aber gleich nach unserer einmonatigen Auszeit und meinem Dreh in Südfrankreich.«

Nun applaudierten die Gäste, und Daniel klopfte Cooper auf die Schulter. »Und dann hast du hoffentlich keine Ausrede mehr, warum du nicht arbeiten kannst. Also bitte, lasst es bis dorthin krachen, ich will mich dann nämlich endlich mit dir auf meinen Film konzentrieren können.«

»Versprochen. Keine Sorge.«

Daniel richtete seinen Zeigefinger mitten auf Coopers Gesicht. »Ich nehm dich beim Wort, Bruder!«

»Kannst du auch. So, und nun lasst uns das feiern, unser Gastgeber wartet ja schon darauf, nach dem Essen die Musik laut aufzudrehen.«

Wieder klatschten alle. Hannah und Cooper umarmten Sarah und Dana, die Hannah eine ganze Minute lang fest an sich drückte. »Du kommst wieder! Mit oder ohne ihn, ja?«

»Lieber mit ihm, aber ich schwöre es. Ja, Dana.«

»Gut so.«

Auch Cooper bedankte sich bei Sarah mit Küsschen und bei Jack mit einem Handschlag. Dann zog er Angel zu sich heran. »Ich habe eine Frage an euch beide.«

»Ja?« Jack war Angel zuvorgekommen. »Schieß los.«

»Habt ihr Lust, uns übermorgen für eine Woche nach Hawaii zu begleiten? Natürlich auf meine Kosten.« Jede Farbe wich aus Angels Gesicht. Sie sah Cooper an, als wäre er ein Geist, dann Jack, der nicht weniger überrascht von dieser Einladung war als Angel, aber es zu verbergen wusste.

Noch immer in Schockstarre blickte Angel zu ihrer Mutter, die natürlich alles mitgehört und die Hände über dem Gesicht zusammengeschlagen hatte.

Hannah hatte auch einen Moment gebraucht. »Mein Gott, ja! Cooper, das ist die beste Idee überhaupt! Bitte begleitet uns. Eine Woche lang wird die Bar auch ohne dich überle-

ben, Angel, und Jack, deine Firma wohl auch ohne dich.«
Sie klatschte in die Hände. »Was wir da alles anstellen könnten!«

»Äh, und was ist mit mir? Ich kann aber nicht eine Woche ohne Jack überleben«, mischte Daniel sich ein. Doch sofort schlug Hannah ihm auf den Arm. »Dann flieg nach Seattle und vergnüg dich mit Tahoma.«

»Jaaa!«, schrie Angel plötzlich laut auf, als müsste sie einen Heiratsantrag beantworten, und fiel erst Cooper und dann Jack um den Hals. »Ja, Jack, oder? Bitte, bitte, sag Ja.«

»Wie könnte ich Nein sagen, wenn du mich so ansiehst?« Er grinste.

»Juchuhh!«, schrie Hannah auf. »Das wird ein Spaß. Ich freue mich so, ich kann gar nicht sagen, wie.« Sie drehte sich zu Cooper und sprang einfach auf seine Brust.

Er hielt Hannah am Po fest und lachte sie an. »Hab ich mir gedacht. Aber danach bekomme ich dich für drei Wochen exklusiv, verstanden?«

»Ja. Abgemacht.«

Dana und Sarah gingen ein Stück nach hinten und blieben so stehen, dass sie die Jungen gut beobachten konnten.

»Hättest du dir gedacht, dass das alles einmal so kommt, Dana? Ich hätte Daniel am liebsten mit meinem Gewehr erschossen, als er mit dem dämlichen Plan bei mir angetanzt ist.«

»Ich auch.« Dana kicherte mit roten Backen. »Aber wenn du mich fragst, ist er gar nicht so übel. Ich finde ja, ihr beide würdet wunderbar zusammenpassen.«

»Bist du jetzt komplett übergeschnappt? Daniel ist gut zehn Jahre jünger als ich.«

»Irrtum, das sagt er bloß. Daniel ist zweiundsechzig, und du bist achtundfünfzig, meine Liebe. Und eine verdammt gutaussehende Frau noch dazu.«

»Hör auf, das ist doch Luftverschwendung, wenn wir über so was reden.« Sarah lachte, doch Dana bemerkte, dass sich ein Hauch von Rosa über ihre Wangen gelegt hatte.

»Wie du willst, aber das ändert meine Meinung diesbezüglich keinesfalls, Sarah.«

Denn Dana sah die Sache völlig anders. Wenn dieser Mann doch bloß von seinem Trip runterkäme, sich für sein Geld und seinen Ruhm eines dieser Models für ein paar Nächte kaufen zu müssen. Sarah und Daniel waren einander ähnlicher, als man es vermuten würde. Beide hager, ein wenig vom Leben gezeichnet, aber auf eine absolut sympathische Art und Weise. Beide hatten jede Menge Lachfältchen um die Augen, und sogar ihre sehr geraden Nasen, die weder zu lang, noch zu kurz oder zu breit waren, sahen beinahe gleich aus. Aber was wichtiger war: Beide hatten das Herz am rechten Fleck und waren furchtlos. Und beide waren Single. Sarah hatte sich vor Jahren scheiden lassen. Dana war absolut überzeugt davon, dass sie ein Traumpaar abgeben würden.

Sarah schlug ihr auf den Arm. »Lass das, Dana.«

»Na gut. Dann feiern wir mal, dass nicht nur der Winter in Moose Creek eingezogen ist, sondern auch endlich wieder die Liebe.«

»Ja, das feiern wir. Denn du hast recht.« Sarah drückte Dana an sich. »Es ist ein viel zu langer Sommer gewesen.«

– Ende –

Danke

iebe Leserin!
Lieber Leser!

Ich hoffe, unser gemeinsamer Ausflug nach Alaska hat Ihnen Spaß gemacht, und wie ich haben Sie die Menschen aus Moose Creek ins Herz geschlossen.

Wenn ja, dann bitte i ch S ie d arum, m einen Roman weiterzuempfehlen. Ich würde mich auch sehr darüber freuen, wenn Sie Ihren Leseeindruck auf einer der Online-Plattformen beschreiben. Ich bin dankbar für jede Rezension und lese auch alle.

Wie immer konnte auch dieser Roman nur dank der Unterstützung und Hilfe vieler toller Menschen das Licht der Lesewelt erblicken.

Ein riesengroßes Dankeschön geht an das Team von BookRix, das nicht nur für die perfekte Rechtschreibung verantwortlich ist, sondern für die Lovestory von Hannah und Cooper auch dieses zauberhafte Cover geschaffen hat! Dafür und für alles andere, was ihr für mich und meine Romane tut, umarme ich jede:n Einzelne:n von euch! Dankeee!

Ein großes Dankeschön geht auch an meine Testleserinnen und Bloggerinnen. Ihr alle tragt dazu bei, dass meine Romane ihren Weg zu Leserinnen und Lesern finden, und dafür bin ich euch, wie auch meiner Facebook- und Instagram-Community, unendlich dankbar. Ihr seid und bleibt meine Prinzessinnen und Prinzen!

Abschließend möchte ich mich ganz speziell bei Ihnen bedanken. Danke dafür, dass Sie diesen Roman gekauft und gelesen haben! Ihn vielleicht Freundinnen und Freunden weiterempfehlen, vielleicht auch eines meiner Taschenbücher verschenken oder meine Romane rezensieren.

Wie immer hoffe ich, Ihnen beim Lesen eine Auszeit vom Alltag beschert zu haben. Es wäre schön, wenn mir das gelungen ist.

Ich wünsche Ihnen das Allerbeste hier auf unserem gemeinsamen Earthship, bleiben Sie mir gewogen und ›Keep on dreamin'‹,

Ihre

Mira Morton

* * *

Internet: www.miramorton.com
Mail: principessa@miramorton.com
Instagram: @mortonmira
Facebook: https://www.facebook.com/MortonMira

Über die Autorin

Mira Morton ist das Pseudonym einer österreichischen Autorin, die selten Privates über sich preisgibt. Geschrieben hat Mira Morton schon immer gerne, aber erst ihre Freundinnen haben sie 2012 auf die Idee gebracht, es mit einem Roman zu versuchen, nachdem die Akademikerin ein Sachbuch veröffentlicht hat. Überraschenderweise landete genau diese amüsante Erzählung mit dem Titel »Immer wieder er« später auf Nummer 1 der Bestseller-Charts, andere ihrer mittlerweile knapp 30 Romane folgten.

Für Mira Morton ist Schreiben Lu-xus und ihre persönliche Auszeit aus ihrem fordernden und oftmals stres-sigen Berufsalltag. »Deshalb gibt es Mira. Weil ich mich beim Schreiben aus dem Alltag beamen will. Natürlich hoffe ich immer, mir gelingt dies auch für meine Leserinnen und Leser, wenn sie in meine modernen Märchen abtauchen.«

Mira Mortons Welt ist eine gelungene Mischung aus Glamour, Witz und Verwicklungen um die große Liebe. Sie entführt in ihren Romanen an malerische Schauplätze rund um die Welt (von den Malediven bis in die Karibik, erzählt von Milliardären, Hollywoodstars oder High-Tech-Moguls und ungewöhnlichen Frauen, die sie gerne selbst zur Freundin hätte. Die Autorin versteht es, immer das Menschliche ihrer Heldinnen und Helden hervorzukehren, und ganz nebenbei durchaus brisante Themen in ihren Geschichten einzuflechten. Und natürlich gibt es eine Happy-End-Garantie von Mira Morton, die von ihren begeisterten Leserinnen mit dem Ehrentitel ›Principessa Mira‹ geadelt wurde.

Quellen

Die Geschichte dieses Romans sowie sämtliche Charaktere darin sind von Mira Morton völlig frei erfunden und haben keinen Bezug zu real lebenden Personen oder deren Geschichten. Doch zur Einbettung der Romanfiguren in die Realität wurden Namen von realen Marken und Firmen, von berühmten Menschen und Filmen etc. erwähnt oder Anspielungen auf sie gemacht, um den Bezug zur Gegenwart zu unterstreichen. Doch jeder Bezug zu real existierenden Personen, Marken, Projekten, Prominenten etc. ist völlig frei erfunden und in keiner Weise ein Abbild der Realität oder auch der Meinung der Autorin, sondern dient nur zur Unterstreichung der Glaubwürdigkeit der erfundenen Charaktere.

Als Schauplätze für diesen Roman dienen ein frei erfundener Ort, Moose Creek in Alaska; Anchorage, Alaska, sowie Seattle, USA, und Wien, Österreich.

Erwähnt wurden in diesem Roman u. a. folgende Marken und/oder Produktnamen:

Academy Awards (Oscars), Google, Instagram, Ski-Doo, Tinder, Uggs, WhatsApp, YouTube

Erwähnt wurden folgende Filme und Filmfiguren:
Film: The Sound of Music und die ›von Trapp‹-Familie
Film/Serie: Baywatch
Film/Serie: Star Trek

Erwähnt wurden auch folgende Personen des öffentlichen Lebens, Stars, Künstler, Musiker, Bands etc.:
Jeff Bezos, Richard Branson, George Clooney, Elon Musk, Hunter S. Thompson sowie Kaiserin Elisabeth ›Sisi‹

Außerdem wurden folgende Zitate im Roman genannt:
Zitat von Hunter S. Thompson: ›Sex ohne Liebe ist so hohl und lächerlich wie Liebe ohne Sex.‹
Zitat von John F. Kennedy: ›Ich bin ein Berliner.‹

Rezepte

*H*ier finden Sie auch noch drei ganz besondere Rezepte zu diesem Roman, die für einen kuscheligen Leseabend im Winter einfach perfekt sind.

* * *

Kodiak Coffee
Für Erwachsene!

Für eine Portion:

- Ca. 300 ml heißen Kaffee
- 1 Fingerhut Whisky (oder mehr)
- 1 Teelöffel brauner Zucker (oder weniger)
- Schlagsahne (Schlagobers)
- Zum Bestreuen: Gemahlener Kaffee, Kakaopulver oder Zimt – je nach Belieben

Und so gehts:

1. Eine große Tee- oder Kakaotasse (Häferl) vorwärmen.
2. Zu ¾ mit heißem Kaffee füllen.
3. Einen Schuss Alaska Distillery Whiskey oder einen anderen Whisky hinzufügen.

4. Einen Kaffeelöffel braunen Zucker dazugeben und umrühren.
5. Zum Schluss mit geschlagener Sahne (Schlagobers) verzieren, vielleicht noch mit Zimt, gemahlenem Kaffee oder Kakao bestreuen.

Fertig :-) und garantiert das richtige Getränk, wenn die Füße kalt geworden sind.

* * *

**Rentier Eintopf
(Reindeer Stew)**

Zutaten für 4 Portionen:

- 500 g gefrorenes Rentierfleisch (Schweine- oder Rindfleisch, aber auch einheimisches Wild), das in dünne Scheibchen, ca. 2 × 2 cm geschnitten wird
- 4–5 kleine Zwiebel, geschält und würfelig geschnitten
- Öl
- 2–3 EL Wildfond in ein wenig Wasser auflösen
- Ca. 350 g Champignons
- 250 ml Schlagsahne/Schlagobers
- Schuss Weißwein oder alternativ Ale Beer
- Salz und schwarzen Pfeffer nach Belieben zum Würzen
- Weißbrotwürfel zum Verdicken der Sauce
- Die perfekten Beilagen sind: Kartoffelpüree, Gelee der schwarzen Johannisbeere oder alternativ Preiselbeere.
- Zum Verzieren: frische Petersilie oder Thymian

Und so gehts:

1. Eine große Pfanne erhitzen und das Öl dazugeben.
   Die geschälten und geschnittenen Zwiebeln anrösten,
   bis sie glasig, aber nicht dunkelbraun werden.
2. Das geschnittene und noch gefrorene, oder ein wenig angetaute Rentierfleisch dazugeben. 2–3 Minuten
   bei mittlerer Hitze anbraten und mit einer Gabel die
   Fleischstücke voneinander trennen, sobald dies möglich ist.
3. Nun den Herd auf die höchste Hitzestufe einstellen,
   den Wildfond hinzufügen und auch einen kräftigen
   Schuss Weißwein beimengen. Ca. 2 Minuten unter
   Umrühren aufkochen lassen.
4. Die halbierten oder geviertelten Champignons zum
   Fleisch geben (am besten verwendet man kleine
   Champignons) und alles mit Salz und Pfeffer würzen.
   Zudecken und ca. 15 Minuten auf mittlerer Hitze
   kochen lassen.
5. Die Sahne in eine kleine Schüssel gießen. Ein paar
   Esslöffel vom heißen Fleischsaft dazu gießen und das
   Ganze mit einem Stabmixer pürieren. Diese Creme
   dann in die Pfanne gießen und umrühren.
6. Zum Schluss die Brotwürfel beimengen und umrühren. Langsam die Hitze wieder erhöhen, damit die
   überschüssige Flüssigkeit verdampfen kann. Ca. 5–10
   Minuten oder mehr kochen, so lange, bis sich die Sauce reduziert und eingedickt hat. Fertig :-)

Das perfekte Gericht für ein kuscheliges Winterwochenen-
de. Natürlich kann man den Eintopf auch mit heimischem
Wild oder aber mit Schweine- oder Rindfleisch probieren.

* * *

Amerikanischer Krautsalat
(Cole Slaw Salad)

Zutaten für 5 Portionen:

- 300 g Mayonnaise
- 5 EL frisch gepresster Zitronensaft
- 4–5 EL Zucker
- Salz und Pfeffer
- 1/2 Weißkohl oder 1/2 Rotkohl
- 4 Karotten
- 1 Frühlingszwiebel
- 1 rote Paprikaschote

Und so gehts:

1. Vermengen Sie in einer Schüssel die Mayonnaise, den Zitronensaft, Zucker, Salz und Pfeffer.
2. Den Kohl und die Karotten fein schaben (in dünne Streifchen) und die Frühlingszwiebel in feine Ringe schneiden. Dann das Gemüse unter die Marinade heben.
3. Zum Schluss die Paprika in feine Würfel schneiden und dazugeben.
4. Nun wird die Schüssel zugedeckt (mit Frischhaltefolie oder Deckel) und über Nacht in den Kühlschrank gestellt. Der Coleslaw Salad schmeckt besser, wenn er ein paar Stunden ziehen konnte. Am besten ist, ihn über Nacht im Kühlschrank zu lassen. – Sommer wie Winter ein frischer und gesunder Genuss.

* * *

Viel Spaß beim Nachkochen!

Herzknistern – Blind verliebt im Pulverschnee

Sie sind wie Feuer und Eis …

Eric Stone weiß, dass er jede Nacht eine andere Frau haben kann. Auch wenn sie von ihm nie mehr erfahren, als das, was sie zu sehen bekommen: einen verdammt attraktiven, dunkelhaarigen und durchtrainierten Mann. Was er jedoch im Moment am meisten liebt, ist die Einsamkeit auf seiner Skihütte in Kitzbühel. Ohne Strom und ohne Ablenkung, dafür jedoch mit jeder Menge Alkohol.

Das ändert sich schlagartig, als ihn die Hilferufe einer Frau gegen Mittag aus dem Bett holen. Eric hat sich geschworen, dass niemals eine Frau auch nur einen Fuß in seine Hütte in den Bergen setzen wird. Doch genau damit macht ihn die Fremde fertig: ihrem verknacksten Fuß. Er hat die Wahl, sie vor der Tür erfrieren zu lassen oder sie zu schultern und so lange ihre Gesellschaft zu ertragen, bis sie wieder ins Tal abfahren kann. Eric ist geneigt, Ersteres für seinen Seelenfrieden in Kauf zu nehmen. Doch leider ist sie blond. Und blauäugig. Genau der Typ von Frau, der Gift für sein gebrochenes Herz ist, dem er aber so verdammt schwer widerstehen kann …